NF文庫
ノンフィクション

南京城外にて

秘話・日中戦争

伊藤桂一

潮書房光人新社

南京城外にて——目次

南京城外にて

秘話・日中戦争

南京城外《なんきんじょうがい》にて

1

昭和十九年の四月のひと日。

河村軍曹の所属する部隊は、南京城外の、紡績工場の煉瓦塀《れんが》の下で、大休止をしていた。煉瓦畳の道路の上に、ごろ寝をするのである。あたりはすでに日が暮れてしまっていて、ガス燈だけが、ぼんやりと道路を照らしている。

「こんなところで露営ですかね、班長」

と、身近な分隊員の岩崎上等兵が話しかける。

河村軍曹は、

「南京は兵隊の洪水だね。城外まであふれているわけだ。露営の夢を結んで、明日はまた行軍か。人生、ただ行軍あるのみ。岩崎上等兵よ。おれは山西省から帰還して、ひと息ついたらまた召集だ。おん年三十六歳の老兵だよ。でも、不平はいわない。お国のためだ。まア、今夜はいい夢でもみようじゃないか」

と、答えている。

部隊は、静岡聯隊で新設編成され、昭和十九年三月十五日に、輸送船団を組んで、門司港を出航している。

河村軍曹は、昭和十三年九月に、静岡の歩兵第三十四聯隊に召集され、独立混成第四旅団の一員として、山西省に出動、石太線沿線の守備に任じ、共産八路軍との戦いに終始していた。ことに昭和十五年八月に八路軍が蜂起した百団大戦では、惨憺たる苦戦に喘《あえ》ぎ、翌年の五月には、中原会戦に参加している。河村軍曹が岩崎上等兵に、おん年三十六歳の老兵といったのは、はじめに召集された時、三十歳だったからである。中央大学を出て、内務省社会局に勤めていたところを、召集されたのである。

いったん内地に還されたあと、このたびは新設部隊に再召集されて、出動してきたのである。いまは歴戦古参の分隊長として、部下たちの信頼をあつめている。

部隊は、三月十六日に、山東省の青島《チンタオ》に着いている。青島は膠州《こうしゅう》湾と黄海に臨む古くからの天然の良港で、風光明媚、中国のスイスと呼ばれる。青島は以前、ドイツの租借地だったから、ドイツ風の赤煉瓦の建物が多い。それに港は、極東艦隊の根拠地として、要塞も構築されている。しかし、第一次大戦以後、ここはドイツに代わって、日本の租借地になっている。

部隊は、青島女学校を宿舎とし、また民家にも分宿したが、民家ではどこも青島ビールで兵隊をもてなした。ビールはドイツ人技師によってつくられたが、その技術はそのまま伝承されている。とくに湧き水の味がよいので、青島ビールは格別美味だった。

部隊は、青島で、しばしの休養のあと、膠済線で済南へ出、済南からは津浦線で南下をつづけて、徐州を経、さらに南下をつづける。車窓の外は、一望の麦畑だった。駅ごとに、鉄道警備隊の兵隊たちがいて、軍用列車に詰め込まれている兵隊たちに「ご苦労さん」と声をかけてくれる。こちらもかれらに「ご苦労さん」と挨拶を返す。

「班長は山西省で、鉄道警備をしていたといわれましたね」

と、岩崎上等兵が、貨車の窓から外を眺めながらいうので、

「いま、ちょっと、思い出したことがあるんだよ。鉄道警備をしていた時だ。十五名いた。そこへ八路兵が襲撃してきたんだ」

と、河村軍曹は、その時のことを話す。

警備隊は、トーチカに住み、望楼に歩哨を立てていた。夜半に、望楼の下で、手榴弾が炸裂した。仮眠中の者がみな飛び起きる。

河村伍長は、

「気をつけ、気をつけ」

と、二声叫んだ。これは「敵襲」という合図である。隊員は、望楼や、トーチカに拠って応戦する。八路兵は、むやみに手榴弾を投げ込んでくる。警備隊は戦闘馴れがしているので、一人の犠牲も出さず、応戦をつづけながら夜明けを迎えた。

夜が明けてみると、望楼の真下に、敵の遺棄死体が一つころがっていた。収容し残したのである。

「遺棄死体は、カーキ色の制服を着ていた。手榴弾の発火用の紐を指にかけていた。まさに銃眼から投げ込む直前に射殺されたのだ。死体を調べると、身分証明書に菜経東と名が書かれ、広東大学出身だった。士官だよ。だから将校用の籐で造った弁当箱と象牙の箸を、網に入れてもっていた。この将校は鉄条網を乗り越えてきた決死隊だ。八路も勇敢でいのちを惜しまないね」

河村軍曹は、そんな経験を、岩崎上等兵に話している。

そうして、列車が、津浦線の終着駅浦口に着くと、対岸の南京に渡ったのだが、南京には、長沙作戦の発起に伴って、出動する部隊が集結していた。城内には宿舎などあるはずはなく、移動中の河村軍曹らの部隊は、城外に放置されてしまったのである。部隊は南京から鎮江へ、さらに揚州を経て、その奥の東台方面へ向かうのだと、きかされていた。

ともかく、南京城外で、一夜の夢を結ぶことになったのだった。

部隊は、道路上の、煉瓦塀の下に、蜿蜒《えんえん》と仮眠休養の列をつくっているのだが、宵の口では眠れるわけもない。

岩崎上等兵が、隣にいる河村軍曹にいった。

「班長は、八路相手にずいぶん苦労をされましたね。自分は、八路のことは知りませんが、南京攻略戦の時、中華門一番乗りの隊伍の中にまじっていたのです。当時、自分はラッパ手でした」

と、いった。

南京攻略戦といえば、七年前の、昭和十二年の、日中戦争開戦後、まもなくのことである。河村軍曹は、思わず、身を起こして、岩崎上等兵と向き合った。

ほの暗い、ガス燈の下で、岩崎上等兵は、こんな思い出話をしてくれている。

2

日中の開戦後、日本軍は、各地で、めざましい戦果をあげ、中国を席捲していたが、南京城の攻略は、日本軍にとっての、最重要な目標だった。昭和十二年十一月、中支派遣軍第十軍隷下の第六師団、第十八師団、第百十四師団、岡崎支隊、及び上海派遣軍の各隊は、一路、南京攻略に向けて、発進している。大本営は、南京攻略についての命令を出すことを渋っていたが、現地軍は動き出してしまったし、状勢上、その勢いをとめることはできなかった。

もっとも顕著な動きを示したのは、第十軍柳川兵団麾下の第六師団で、牛島先遣隊は、十二月三日には広徳付近に達していた。師団主力は、歩兵第十三聯隊（聯隊長岡本大佐）を中心とする第一梯団をはじめ、三個梯団は、ほとんど小走り状態で、強行軍に移っている。他師団もむろん、後《おく》れをとりたくはない。朝香宮中将の指揮する上海派遣軍（第三、第十一、第九、第百一、第十三、第十六各師団、重藤支隊）も、主力をもって、東方より、南京を攻略しようと進軍している。

十二月十日には、第六師団長谷中将は、鉄心橋に達している。南京城門を指呼する位置である。南京周辺を守備する敵兵は、退却をつづけている。ただ、雨花台は堅固な陣地である。第六師団は、攻撃部署をきめて攻撃にかかったが、右翼隊は雨花台正面の中華門を、左翼隊は西の水西門、漢西門を攻撃する。砲兵隊、工兵隊も、それに協力する。第六師団中の各隊も、一番乗りを狙うのである。

むろん、敵の抵抗も必死で、雨花台の丘陵地は、いちめんに敵が陣地を敷き、対戦車壕が掘られ、ペトン製トーチカを鉄条網が囲み、それが要所要所を抑えている。迫撃砲弾と機銃弾が日本軍を襲いつづける。日本軍第一線の将兵は、ここまで食うや食わずの強行軍をつづけて来ている。雨花台前面の安徳門陣地を奪取した時は、敵は十数度にわたって逆襲してきている。南京の城壁は、安徳門、雨花台の行く手にそびえている。まことにきびしい戦いだったのである。

十二月十二日の夜明けには、各部隊は、城壁の手前一キロの地点にまで、潮の如く押し寄せている。第六師団は、中華門を歩兵第十三聯隊（熊本）、中華門と西南角の中間を歩兵第四十七聯隊（大分）、西南角を歩兵第二十三聯隊（都城）、水西門を歩兵第四十五聯隊（鹿児島）が部署して、攻撃に移っている。

南京城の南門になる中華門は、高さ二十メートルの城壁をもち、その手前には幅三十メートルの水濠が城壁をとりまいている。橋は全部壊されている。各部隊は、突撃に備えて、城壁を登るための竹梯子づくりに懸命になっている。

歩兵第十三聯隊の突撃目標である中華門は、堅く閉じられて、前に土嚢を山と積み、城内から撃ち出す迫撃砲弾と、城壁や城外家屋から乱射してくる銃弾が、雨のごとく降りかかる。いちばん先に城壁上に日章旗を立てたのは、歩兵第四十七聯隊第三中隊で、中華門西北約四百メートルの城壁上に、日章旗を立てたのだが、敵の逆襲がきびしく、死傷を重ねて、後続ができない。

歩兵第十三聯隊は、第一大隊十時《とき》中佐の命令で、第二中隊の吉住少尉の率いる突撃隊をもって、十三日午前三時に、中華門西側城壁を占領している。

3

南京攻略戦のことは、河村軍曹も、新聞ラジオ、またニュース映画でもみて、かなりよく知識は得ている。提灯《ちょうちん》行列で、戦勝を祝ったのだ。

しかし、いま、分隊員の岩崎上等兵が、南京攻略戦に加わっていたとは、意外だった。岩崎上等兵は、今回の部隊編成以来、身近につきあってきた、頼りになる古参兵である。岩崎上等兵は、河村分隊長が、対八路戦のきびしい実状をあれこれと話してくれたので、たまたま、南京城外で休止した時、当時のことを、きいてもらいたく思ったのだろう。

　岩崎上等兵は、

「班長。自分は、この南京城外で大休止した時から、当時のことが頭のなかに浮かんで、とても眠られそうにないな、と思っていたのです。南京攻略戦の時、自分は、部隊長専属のラッパ手として、中華門一番乗りを狙う部隊にまじっていたのです」

と、感慨深い口調で、話し出した。

「中国軍の雨花台の陣地ですが、トーチカからトーチカへ通じる壕が、縦横につづいていて、あとで考えると、よく乗り越えられたと思われるほどの堅固な陣地でした。むろん、死傷を重ねての前進です。自分らの部隊の津田大佐は、きわめて勇猛な方でした。雨花台陣地を攻撃する時も、先に立たれました。前の晩に豪雨があって、道は泥沼になっていました。泥沼を泳ぐようにして進んだのですが、軽機も小銃も泥にまみれて、役に立ちません。泥の中を匍《は》いつづけて、顔を上げてみると、眼の前に敵がいた、という混戦状態でした。こちらも敵もびっくりし合って、そのまま白兵戦をする、という状態が、あちこちで起きたのです。雨花台の戦闘は、一時、勝ったのか負けたのかわからないくらい、きびしいものでした」

　話しながら、岩崎上等兵は、意識が当時にもどるのだろう、言葉つきに熱がこもってくる。

「台地から窪みのところに出ましたら、ゴムの上を歩くように、ポコポコと、バウンドするんです。よくみると、それは、死体の上に土がかぶせてあるんです」

「その死体は、敵なのかね」

と、河村軍曹は、話にひき込まれて、きく。

「それが、友軍のなんです。とにかく、岩石のちらばる、複雑な地形を利用して、敵はトーチカを築いていたんです。そのトーチカも、中に守備兵をとじこめて、外から鍵をかけたのがありました。むろん、中の守備兵は死んでます。まるで、ひどい刑罰ですが、だから死物狂いに抵抗するんです。陣地内に一歩踏み込んだ時から、まわりじゅうから撃たれます。といって、陣地の奪取が目的ではありません。城壁にとりつかなくてはならなかったんです」

「たいへんな戦いだな。対八路戦のほうが、まだしも息抜きはあったかもしれない」

「迫撃砲弾が、むやみに落ちます。戦友たちもずいぶん死傷しましたが、迫撃砲の破片創が多かったです」

「迫撃砲弾は、気味の悪い音をたてて飛んでくるしな」

「われわれは、死者や重傷者は、置きっ放しです。寒風の吹きすさぶ中です。とにかく城壁へ向けて、遮二無二、前進しました。もう、だれもが夢中で、一番乗りだけを考えていたんです」

岩崎上等兵の話しぶりには、犇々《ひしひし》と実感がこもる。

「城壁を眼の前にしました時、前方に川が流れていて、前進できないんです。むろん、橋という橋はこわされています」

「われわれも北支で、滹沱《こだ》河を何度か敵前渡河したが、狙い撃ちにされるね。身をかくしようはないし、プスプスと銃弾が水を刺して、一メートルも水しぶきがあがる。いまやられるか、と思いながら、渡河したな」

「南京では、すぐ眼の前の城壁上から撃たれますので、思うようには動けません。それで、部隊長は、泳ぎの達者な者に、綱を持たせて、対岸まで泳がせたんです。川といっても堀割で深いですし、綱にすがって渡らないと渡れないんです。なにしろ真冬の水の中にもぐらねばならないのですから、綱を渡すのもたいへんです。みていて、大丈夫かなあ、と、心配ばかりしたんです」

「わかるね。綱が渡されたら、渡河することになったんだろう？」

「軍靴を脱いで、地下足袋に履きかえたんです。でも、手がこごえていて、どうしても、足袋のコハゼが、かけられないんです」

「わかるね。コハゼをしっかりはめないと、川は渡れない」

「敵は、われわれが川を渡るのを知っていますから、川へ向けて、やみくもに撃ってきます。綱をもって、川へ泳ぎ入った兵隊ですが、しばらくすると、綱だけが、浮き上がって流れてしまったんです。それが照明弾のあかりのなかでみえました」

「兵隊は、撃たれて死んで？」

「川へ、沈んで、綱だけが、浮いて流れたんです。部隊長は、つぎに、別な一人を選びました。その兵隊は、節をぬいた竹筒を持って川に入りました。水の中に身をかくして、竹筒で呼吸します。忍者と同じです。この兵隊は、対岸へ泳ぎついたんです。部隊長が『よくやった』と叫ぶ声を、自分はききました。あとは、その綱を頼って、つぎつぎに川を渡ったんです。くらやみの中を、撃たれながらに、自分も部隊長とともに渡ったんです」

「よかったな。話をきいていても、昂奮させられるよ」

河村軍曹は、そういって、岩崎上等兵の肩を叩いてやっている。

「城壁までは、川を渡ってから、なお八十メートルありました。敵の銃撃は、いっそうさかんになります。弾丸のあるだけ撃ちつくす、といった撃ち方です。城壁にとりついた友軍の決死隊は、敵の弾雨をものともせず、梯子をのぼります。友軍の掩護射撃も懸命です。激戦のさなか、部隊長が、大腿部貫通銃創で倒れました。自分は、部隊長の介抱をしなければ、と思いましたが、まわりに何人もいます。介抱は衛生兵でないと駄目です。それで自分は、これは自分だけの判断で、その場で、突撃ラッパを吹いたのです。タタ、トト、タタタ、テタテタ、トト、ター——と、思い切り吹きましたね。その突撃ラッパを合図にしたように、だれもが城壁に向けて突進したのです。鬨《とき》の声をあげています。自分は、夢中で、突撃ラッパを吹きつづけ、ふと、部隊長のほうへ眼を向けました時、その刹那に、小銃弾を首筋に受けて、部隊長の脇へ倒れてしまったんです」

「岩崎上等兵よ、勇壮だな。木口小平の話をきいてるようだ」

と、思わず、河村軍曹は、いう。

「城壁は、伊東少尉を先頭にした決死隊が、竹梯子を登りつめて、城壁上に、遂に日章旗を立てました。自分は、応急手当をうけながら、中華門上に、たかだかと日章旗のひらめくのをみました。夜明け方です。だれも、萬歳——などと叫ぶ者はいませんでした。城壁占領の安堵と、あまりの疲労のために、声が出なかったためと思います。この中華門城壁占領には、死傷続出して、大隊の生き残りは、多分一個中隊に満たなかったと思います。自分は、部隊長とともに、担架で、後方に送られ、上海の野戦病院に収容されたのです」

感慨をこめて、岩崎上等兵はそういい、河村軍曹もまた、言葉もなく、

「がんばったんだなア」

と、嘆息するように、いった。

「病院でですが」

と、岩崎上等兵は、ひと息おいて、いう。

「部隊長が、松葉杖をついて、見舞に来てくれました。自分は、命令なく、勝手に突撃ラッパを吹いたので、叱られるだろう、と思っていました。本来なら、軍法会議ものです」

命令なき行為は、罰せられて当然である。たとえ、弾丸雨飛の中でも。

「ところが、部隊長殿は、自分に、お前はよくやった、といってくださいました。もしあの時、お前が機転をきかして突撃ラッパを吹かなかったら、いまごろはどうなっていたかわからない、突撃ラッパのおかげで、全員が勇往邁進《ゆうおうまいしん》して、一番乗りができたのだ、と、ほめられました。嬉しかったですね。城壁占領の時もですが、部隊長殿にほめられて、改めて、また、涙が出ました」

岩崎上等兵は、そのあと、

「部隊長殿は、自分の泣くのをみて、泣くな、おれも泣きたくなる、思えば、ずいぶん多くの部下を死なせてしまった、つらいのだ、そうだ、一緒に泣かせてくれ——といって、しきりに泣かれました。班長殿、これは忘れられない思い出です」

と、声をしめらせて、いう。

河村軍曹は、岩崎上等兵と並んで、煉瓦塀に背を凭《もた》せ、

「対八路戦を戦いぬいてきた分隊長と、南京一番乗りのラッパ手岩崎上等兵とがいれば、この分隊も、向かうところ敵なしじゃないか。がんばっていこうじゃないか」

と、いい、岩崎上等兵も、

「話をきいていただいて、安心して、眠れそうです。——班長。しきりに星が流れますね。今宵は、いい夢をみられそうです」

と、いった。

板室《いたむろ》兵長《へいちょう》の体験《たいけん》

1

昭和十九年一月四日に船団を組み、門司港を出発した輸送船団は、途中、台湾の高雄に停泊して、食糧等の積み込みをやってから、ニューギニアへ向けて出航、バシー海峡にさしかかって間もなく、一番船が敵魚雷の餌食となった。一月十五日の早朝である。

日本軍は、制空権も制海権も失っているので、空海ともに、敵の跳梁に任せている。輸送船団の運命というのは、まことに心細かった。潜水艦にまっ先に狙われた一番船には、河兵団（第四十一師団）の歩兵第二百三十九聯隊の補充要員が乗っていた。一番船は、船体の中央、機関部に魚雷を受け、船体はまん中より二つに折れ、まもなく海中に沈んでいる。

この時、一番船に乗船していた板室上等兵は、甲板上まで逃げて出たが、当然非常な混乱で、甲板上でうしろからだれかに押されて、海面へ落とされた。海中に沈んで、水から浮き上がってみると、まわりには、魚雷の命中時の衝撃によって即死してしまった死体ばかりが浮かんでいる。どの死体も焼けただれたり、五体そのものが傷んでいる。血をみると鮫《さめ》が寄ってくる、という話を板室上等兵は船中で耳にしている。板室上等兵は幸い船尾にいたので、魚雷による直接の被害は受けていない。

しかし、沈む船からは、二十メートル以上離れないと、渦に巻き込まれる、ときいているので、懸命に泳いだが、波が、沈没しかけている船に向かって寄せて来るので、身体は一向に船から離れない。振り向くと、巨大な船腹が、自分に蔽《おお》いかぶさるように背後にある。必死に泳ぎつづけていると、行く手に、竹竿につかまって、浮くとも泳ぐともつかず、ぐったりしている同年兵の小幡がみえた。疲れ果てて、やっと、あやうく竹につかまっている、といった恰好である。海水をだいぶ呑んでいるらしい。

「おーい、小幡、おれだ板室だ、しっかりしろ」

と、板室上等兵が声をかけると、小幡は、

「もうだめだ。板室よ、死ぬ時は一緒に死のうや」

と、それだけをいう。

「ここで死んでたまるか。おれたちは陸軍の兵隊だ。陸で戦って死ぬべきだ。泳げるか?」

と、きくと、

「もう、泳げない」

と、いう。

それで、板室上等兵は、救命綱で、竹竿を縛り、一方を腰に巻きつけ、身につけてきた救命胴衣は小幡に持たせてやり、半ばは海に潜りながらも、必死に泳いで、沈没する船からは、なんとか逃げのびた。

泳いでいるうちに、潮の流れにさらわれて、小幡と二人きりで、漂流しはじめている。護衛の艦船の影も遠のき、すでに見放されてしまっている。もはや、運を天に任せるより仕方はなかった。

日中、鮫に襲われる恐怖におびえつづけ、あわせて小幡の身を案じながら漂流をつづけ、夕闇迫るころになって、運よく、機雷敷設船に救われている。これは幸運だった。船団は兵員の輸送が目的なので、撃沈された船に、いつまでもかかわってはいられないのだろう。

板室上等兵たちは、機雷敷設船の世話になりながら、船の帰港地佐伯《さいき》軍港にまで運ばれて、ここで下船することができた。

佐伯に上陸後、二人は、西部第七十四部隊（門司と下関を護る要塞砲部隊）の糧秣倉庫の世話になっている。

本来の目的がニューギニア行のため、ここでも、ニューギニア行の機会を待ったのである。そのため、ニューギニアへ向かった船団の、その後の事情を知りたいと思ったが、もはや情報錯雑の事情下では、一船団の状況など、知る由もなかった。板室上等兵は、隊内の無線班のさぐり得る情報を知ろうとしたが、

「船団が無傷で目的地へ到達するとは考えられない。ほとんど海没してしまったのではないか」

という、非情な推測を得たのみである。

板室上等兵は、昭和十七年八月十五日に徴兵検査を受け、翌十八年一月二十日に、宇都宮の東部第三十六部隊に現役兵として入営している。

入営して十日後には出動。朝鮮へ渡り、列車で北上して満洲、山海関を経て膠済線《こうさい》（青島＝済南）で沙嶺荘駅に下車、行軍して青島に近い桜ヶ丘の兵営で、六ヵ月間の基礎教育を受けた。板室初年兵が基礎教育を受けていた部隊は、ニューギニアへ向かう河兵団（第四十一師団）の補充隊である。本隊はすでにニューギニアへ転出しているので、初年兵は教育終了後に、追及することになっていた。

第四十一師団は、昭和十四年春に朝鮮竜山《りゅうざん》で編成され、第二十師団の後を受けて、山西省南部、及び同蒲線の警備に当たっている。昭和十六年春に徐州に移動し、日米開戦後はニューギニアへ移動することになる。従って補充部隊は便宜的な教育を受けることになり、北支派遣軍隷下の衣（五十九師団）、極（二十七師団）、北（百十五師団）、桐（独混五旅）などの各兵団から、教育係の教官他が集められ教育に当たっている。板室初年兵たちの所属は歩兵第二百三十九聯隊である。

基礎教育が終わると、第二期の実戦教育がつづいた。板室一等兵（選抜進級している）たちは、衣部隊で教育を受けることになり、済南より東南の柳城県、館陶県、冠県方面の警備、討伐、警乗勤務等に明け暮れ、六ヵ月後教育終了。板室上等兵（選抜進級）らは塘沽《ターク－》に集結して、ここから貨車で満洲、朝鮮を経て、九州博多港に。翌日、門司港を出航している。

入営からの、転々とした、あわただしい年月、ようやくニューギニアに向けて出航しても、思わぬできごとによって、運命が狂いはじめたのだ。

2

板室上等兵たちは、西部第七十四部隊の世話になっているうち、また新たな命令を得て、北支へ向かうことになった。北支戦線が、各部隊の南方転出のため手薄になり、弱体化したためで、輸送路の確保のための出動である。

第四十一師団に所属して、満一ヵ年の年月を教育、勤務、実戦の中で鍛えられた現役の二年兵たちは、それぞれが北支部隊に配属替えになり、別れ別れになった。

板室上等兵は、桐兵団（独混第五旅）の一員として、第十六大隊第三中隊（高嶋隊）の高根沢分隊に所属になった。高嶋隊は安邱《あんきゅう》に駐屯していたが、板室上等兵たちは、はじめ坊子《ぼうし》の大隊本部に集結させられている。

この時、本部へ補充兵集めに来た高根沢軍曹が、

「この中に十一年式軽機を撃てる者がいるか」

と、きいた時、板室上等兵は、

「はい、撃てます。板室です」

と、返事をしている。

「上等兵か」

と、きかれ、

「十二月一日付で命ぜられたばかりです」

と、答えると、高根沢軍曹は、

「板室というと、板室温泉の近くか」

ときく。

「いえ、那須郡那須村です」

というと、

「おれは隣村の大沢の者だ。懐かしいな。これから一緒に分隊へ来てくれ」

といって、その日のうちにトラックで、安邱へ来ている。このトラックの中で高根沢軍曹は、討伐間に軽機の射手が負傷して困っていた。教育中の初年兵では心細い。これで助かった、と、喜んでくれている。

爾来、高根沢軍曹は、事毎に「板室、板室」と、眼をかけてくれることになった。

しかし、敵状は悪く、安邱に駐屯してからは、ほとんど連日のように莒県《りょけん》、諸城、日照県境地区の討伐行動に、追い回されることになった。

昭和十九年の五月中旬。

板室上等兵は、軽機分隊の一番員として、二番の射手を助けて行動していたが、莒県付近の一集落に八路兵がいるという情報を入手し、これを襲ったが、着いてみると、藻《も》抜《ぬ》けの殻だった。八路兵もだが、住民も、鶏一羽さえいない。深閑としていて、不気味だった。しかし、昼時になったので、中隊全員が昼食にかかった。

すると、集落内のあちこちから、ふいに、放火による火の手があがった。

「ゲリラの放火だ。警戒せよ」

という叫びがあがったが、ゲリラは戦闘ではなく、あちこちに素早く放火して廻っている。炎と煙で、中隊は囲まれはじめた。八路兵が、自分らの宣撫地区の集落を、自分らの手で焼き払うとは、古参の者らには理解しがたかった。明らかに、日本軍を集落もろともに焼殺しよう、という計画である。

「西門へ移動せよ」

という命令が出た。風上へ逃げる。隊伍が西門方向に移ると、西門へ向けて、迫撃砲弾が落ちはじめた。あわせて、チェッコ機銃をまじえた銃弾がそそがれる。高根沢分隊では、二番の射手が負傷してしまって、板室上等兵が代わって軽機をかつぐ。

分隊長は、

「板室上等兵、おれについて来い」

といって駈け出す。板室上等兵は小銃を三番手に預け、軽機と弾薬箱一個を持って、分隊長につづく。分隊長は、日本刀と拳銃しか持っていない。日本刀を抜刀し、チェッコ機銃に向けて駈けてゆく。板室上等兵も遅れじと駈ける。敵の集中射撃を受けつつ突き進むと、分隊長が倒れた。

「分隊長殿」

と、叫んで駈け寄ると、分隊長は、

「ここは危ない。前の墓地群まで突っ走れ」

と、いう。

板室上等兵は、軽機と二百四十発入りの弾薬箱をかつぎ、一気に前面の墓地群まで駈け、伏せて分隊長を待つ。分隊長は、負傷した足を引きずりながら駈けつけてくると、

「軽機をおれに寄越せ」

といい、軽機を手にすると、腰だめの姿勢で、チェッコめがけて、三十発連続射撃する。

敵弾を浴びながらも、板室上等兵は、

〔さすがに分隊長だ。いい度胸だ〕

と、感心している。この分隊長となら、どんな状況になっても大丈夫だ、という信頼感を身に覚えた。板室上等兵は、

「分隊長殿、今度は板室が撃ちます」

といって、軽機をうけとり、腰だめで撃ち出したが、十発撃つと、故障を起こしてしまった。あわてて修理にかかる。

「板室、落ちついてやれ。敵はもう逃げてしまった」

と、分隊長がいう。分隊長はそういいながら、出血している足首の手当をしている。

その時、近くで迫撃砲弾が炸裂した。と同時に、板室上等兵は、いきなり背骨を丸太で殴られたような衝撃を受け、あたりが暗くなり、なにもわからなくなった。耳もとで、

「板室、板室、しっかりせいっ」

という、分隊長の懸命な声がし、頬を叩かれている。それで、やっと目を覚ました。迫撃砲弾の破片を、背に受け、軍衣を裂いたが、幸い、軽機の属品嚢を背につけていたので、衝撃を緩和できたのである。それにしても、迫撃砲弾のすさまじさは身にしみた。もし、属品嚢でなく、六十発入りの弾丸入れを背負っていたらどういうことになったろうか。身につけている父母の写真、乃木神社の日の丸の旗の加護のおかげだ、と、板室上等兵は思った。

この、放火された集落の戦闘では、死傷者は出なかったが、帰隊した翌日には、中隊は、また情報を得て、討伐に出発することになった。休養間に、密偵の報告でわかったが、放火された集落にはコレラが発生していて、八路軍は、集落全部を焼却することを考え、その際、日本軍を巧みに誘《たく》い込んで、日本軍もろともに焼却してしまうつもりだった。この計画はむろん失敗したのだが、八路軍ゲリラの思いきった作戦には、高嶋隊も、おどろかされたのである。

中一日置いての討伐行には、足首を負傷している高根沢分隊長は、靴が穿《は》けず、支那人の穿く布靴を穿いている。分隊長は、自分のことより、板室上等兵の背中の打撲傷を心配して、みちみち何度も「大丈夫か」と声をかけてくれている。背中に、重い不快感はあるが、行動には差し支えない。しかし、やはり食欲もない。行軍に行軍を重ね、五日目の夕刻、いよいよ明日は山岳陣地に入るという、麓の村落に宿営した。

夕食と明朝の二食分を炊け、という命令、明日払暁戦で目的の町を攻撃するという。その夜は、夜明けに間のある刻限に起こされて、出発することになった。いつものことだが、夜闇の中を、どこへゆくのか行く先もわからずに歩かされる。よほど歩いて、大休止となり、背嚢をかついだまま倒れ込んで寝てしまう。

「軽機分隊前へ」

の命令が出て、高根沢分隊は、部隊の最前方に出た。夜目ながら前方に高い城壁がみえる。

一時間後に歩兵砲隊が、城門を撃破してくれる、という。そのあと、軽機分隊は一番乗りをする。それまでに腹ごしらえをしておけという、指示がある。食事は、食える時に食っておかぬと、空腹のまま、暑熱の中を歩かされたりする。板室上等兵は、飯盒飯を水をかけて腹の中に流し込んだが、やはり、胃が受けつけない。迫撃砲弾で背骨を叩かれた後遺症のためと思う。耐えるしかない。

やがて、夜が明けはじめ、歩兵砲隊の砲撃がはじまった。天地にとどろく砲声、眼前の城門は、みるまに撃ち破られる。

「突撃に前へ」

「突っ込め」

の命令一下、討伐隊は、いっせいに城内に踏み込む。

敵は、砲撃による城門破壊のためか、日本軍の突入した時には、算を乱して、後方の山岳地帯へ逃げてゆく。当然、追撃戦になる。高嶋隊は第二、第三小隊が追撃に移った。

この第二、第三小隊は、敵を追って山脚に進んだ時、敵の企んだ、待ち伏せの包囲網に陥ちてしまった。これは八路軍のよくやる作戦である。

討伐隊は、勢いに乗って、この罠に陥ち、苦戦を強いられる羽目になったのだが、幸い、第一小隊、指揮班、それに歩兵砲隊が城内に残っていたので、救出行動を開始し、ようやくに八路兵を山中へ逃散させている。

しかし、八路兵は、住民に形を変えて、まだ城内に残っているとも考えられる。それで、高嶋隊は、城内を、虱《しらみ》つぶしに捜索した。民家の地下室までさがし廻り、一段落すると、城門の警備につく。この日はここに宿営する。

板室上等兵らの小隊は、南門の警備についていた。夕方、残照のなかを、農民が八名、一輪車を押して、やってきた。

歩哨が、とまれ、と声をかけたが、きこえたのかどうか、城門に近づいてくる。歩哨は、先頭の農民の足もとに一弾を見舞ったが、かれらは口々に何かを叫んで、動じない。それで、隊長に報告し、通訳を呼んで調べる。

農民たちは、通訳に、三ヵ月前にこの村を出て、近辺へ出稼ぎに行商に行った。今、帰るところである。家族も待っている、という。

「一時も早く、家族に会いたいのです」

と、先頭の長老が、しきりに頭を下げて頼む。そこへ、高嶋隊長が来て、

「八路は口が上手だ。だまされるな。よく調べよ」

といわれ、全員を裸にして、身体検査をすることになった。一輪車も積荷も、徹底的に調べる。

ところが、その取り調べがはじまった時、いちばんうしろにいた若者が、一輪車の下に隠していた手榴弾をとり出して、それを日本軍に投げつけようとした。とっさに、歩哨の野表

一等兵が、飛びかかって銃剣で刺そうとした。相手は、突かれた銃剣を両手で摑んで動かない。板室上等兵が、さらにうしろから突きかかると、相手は野表の銃剣を放して、機敏に逃げかける。それを、何人かで捕えた。

この若者以外の者は、観念して、取り調べに応じている。それぞれの一輪車には、手榴弾が何十発も、巧みに隠されていた。かれらは八路軍の決死隊で、農民を装って城内に入り込み、隙をみて討伐隊を攻撃するつもりだったのだ。

3

板室上等兵は、この討伐間、背中の負傷がもとで、まったく食欲が出ず、食べれば吐いてしまう。それでも軽機射手としての責任上、がんばりぬいてきたが、分隊長が心配して、安邱へ帰った時、衛生兵に熱をはからせたら三十九度五分あった。

症状がおかしいので、分隊長は、衛生兵をつけて、板室上等兵を馬に乗せて、大隊本部の軍医のところへ診断に行かせた。しかし、軍医は、ろくに診断もせず「いい身体だ、異常なし」としかいわない。衛生兵が事情を説明しても、うけつけてくれなかった。仮病とみているのだ。

板室上等兵は、やむなく、その後も軽機射手として、討伐行動に参加し、一週間後、戦闘間に、手榴弾を持って匍匐《ほふく》前進し、敵の機関銃陣地へ迫って、それを投げつけ、投げつけると同時に失神している。力尽きたのである。

その宿営した村で、翌日、板室上等兵は中隊長に呼ばれ、

「身体が悪いのに、よくがんばってくれた。高根沢軍曹から事情はきいた。中隊は安邱へ帰るが、お前は一足先に帰って休養せよ」

といって、トラック便で、衛生兵と、中隊長当番の広瀬上等兵の付き添いで、帰した。

板室上等兵は、安邱の兵営へ着き、衛兵所でトラックを降りた時、安心して、そのまま意識を失った。坊子の野戦病院へ運ばれ、三日間、意識がもどらず、モルヒネを致死量近く打って、やっと病状を回復させている。もともと、病状の委細は、あとで関係者からきかされたことである。力の限界をはるかに超えて、がんばっていたのだ。いわば、対八路戦のきびしさの故である。

板室上等兵は、坊子の野戦病院で、

〔自分は、河兵団のニューギニア行には加われなかったが、北支でも、お国のために、ともかく最善は尽くしている〕

と、思い、自分を慰撫激励している。

ニューギニアに向かった船団のことも、頭に残っていて消えなかったが、情報を知る手がかりもなかった。

4

迫撃砲弾で背骨を痛めた板室上等兵の病状は、意外に重く、坊子《ぼうし》の陸軍病院に六月下旬に入院してから、退院まで、六十余日かかった。もっとも、手術後は、回復の経過も早く、大部屋に移され、病院内の不寝番勤務にも就くようになった。入院患者は、大越伍長の指揮下に入ったが、院内は一般中隊と違って、和《なご》やかな空気に満ちていた。

入院患者同士が、互いに、出身県や所属部隊名を名乗り合い、話題を交わし合うのもたのしかった。ただ、栃木県出身の者は、板室上等兵だけだった。大越伍長は佐賀県出身で、板室上等兵と同じ討伐戦の時、右腕に貫通銃創を受けていた。大越伍長は、台詞《せりふ》入りの歌謡曲「軍国の母」を歌うのが上手で、病院内の演芸会では、人気があった。

板室上等兵は、大越伍長の「軍国の母」を聞くと、いつも故郷のことをしみじみと思い出した。板室上等兵は、出征の時、瀬縫不動尊を源とする清流で身を浄《きよ》め、遺髪に棺代十円を添え〝君の為何か惜しまん若桜散りて甲斐ある命なりせば〟と認《したた》めた紙とともに、油紙に包んで神棚に置き、門出の記念とした。潔い覚悟をしたのである。

坊子の病院へは、愛国婦人会の人たちが、折り折りに見舞に寄ってくれた。ある時、慰問に来てくれた婦人と話していると、その婦人が、板室上等兵が栃木の出身と知って、

「私の家の近所に牛丸という方がいます。栃木の方で、お嫁さんも宇都宮の人です」

と、いわれ、

「その方はきっと、伊王野の牛丸床屋さんの縁辺《えんぺん》の人でしょう、珍しい苗字ですから」

と、板室上等兵はいい、退院したら折をみて訪ねたいのでよろしく、といって、自分の出征時の経験を話した。板室上等兵は出征の時、近くの牛丸理髪店で髪を刈ってもらったが、料金を払おうとすると、主人は受けとらず、

「兵隊さんへの餞別にしてください。どうかお元気でがんばってください」

と、励まされている。その時のことが忘れられない、と、話した。

板室上等兵は、八月末に中隊へ帰ることができた。帰隊後まもなく、兵長に進級した。

板室兵長が所属した内務班には、五年兵で下士官適任証をもっている押家という古参の兵長がいて、これが先任である。ただ、班の者らは、押家兵長より板室兵長になついていた。なぜなら板室兵長は、初年兵係上等兵として、かれらの世話をしてきているからである。しかし、板室兵長としては、押家兵長を上に立て、何事も押家兵長に相談するように、と、つねにいいきかせた。部下をたしなめ、先任兵長には気を遣ったのである。押家兵長は、貫祿のある古参兵だが、無口で、どこかつきあいにくいところもあった。少々どもるので、初年兵が、気やすく口をかけられないこともあったろう。

内務班には、押家兵長、板室兵長、三年兵の上等兵二名がいて、あとは二年兵初年兵の一、二等兵でまとまっていた。

そこへ、ある日、現地召集の菊地一等兵が入ってきた。内務班長はこの時、

「菊地一等兵は、今後この内務班にいることになった。われわれの大先輩であるから、何事も教えてもらうように」

と、別扱いにするような紹介をした。菊地一等兵は、班員一同に、

「よろしく」

といったきりで、すぐに、

「俺ァ、あの一番奥がいいな」

と、自分の寝台を、左隅に指定して、そこに居付くことになった。菊地一等兵は、眼光の鋭い、大先輩らしい風格を備えていた。

板室兵長は、菊地一等兵が古参の召集兵であることはわかっていたので、班員を紹介する役を引きうけ、先ず、押家兵長を、五年兵で班の先任兵長であることを告げ、つづいて、自分を三年兵の板室、つづいて谷口上等兵、島田上等兵を後輩として紹介し、あとは、一人ずつ、自己紹介をさせた。兵隊たちは、几帳面に自己紹介をする。菊地一等兵は、それに一人ずつうなずいてゆく。

班内の生活では、序列順に、互いの呼び方がはっきりしている。板室兵長は、押家兵長の

ことを、公私共に「押家兵長殿」と呼ぶ。押家兵長は板室兵長を「板室兵長」と呼ぶ。板室兵長は二人の上等兵のことを「谷口上等兵」「島田上等兵」と呼ぶ。そのほかは「石井古兵」「風間古兵」、初年兵に対しては、その姓だけを呼ぶ。

初年兵たちが二年兵以上の一等兵を呼ぶ時は、何々古兵殿と、殿をつけて呼ぶ。上等兵に対しては、上等兵殿と呼ぶ。間違っても「何々さん」などとは呼ばない。

ただ、菊地一等兵の場合は、呼び方がむつかしく、板室兵長は、班内では、敬意をこめて「菊地さん」と呼び、他の者たちは「菊地古兵殿」と呼んだが、呼び方にも感情のこめ方に相違が出るので、微妙だった。菊地一等兵自身は、押家兵長のことを「押家兵長」と呼ぶが、ほとんど口を利かなかった。押家兵長は菊地一等兵を「菊地一等兵」と呼ぶ。板室兵長は菊地一等兵を「菊地さん」と呼ぶので、菊地一等兵も板室兵長のことを「板室兵長さんよ」などと親しみをこめて呼ぶ。菊地一等兵は、押家兵長のことを、必要があると「おい、そこの兵長」と呼びすてる。押家兵長は、菊地一等兵が召集兵のため、呼びすてにされても我慢していたが、古参の兵長として班内のしめしがつかぬと思っていたのか、休日に、外出先から酒に酔ってもどってきた時、鬱屈《うっくつ》していたものが表面に出た。

たまたま、菊地一等兵が「おい、そこの兵長」と呼んだ時、押家兵長は、少々顔色を変えて、

「おい、菊地、ちょ、ちょっと来い」

と、どもりながら、菊地一等兵に絡《から》みかけた。菊地一等兵は、黙って煙草をふかしている。

「おい、貴、貴様、おれのいってることが、おかしくてきけないのか」

と、昂奮して、口調が荒くなる。菊地一等兵は、

「何か、用か」

といって、煙草をやめて立ちあがる。

「貴、貴様、一等兵のくせに生意気だぞ」

と、押家兵長がいうと、

「お説教なら、酒を飲まん時にいってもらいたい」

と、菊地一等兵も、どなり返す。

「生意気をいうな」

と、いうなり、押家兵長は、帯剣を外した。押家兵長は帯革で、菊地一等兵にビンタを食わせるつもりだったのだろうが、菊地一等兵は、相手が帯剣を抜いてかかってくると思ったらしく、

「これは面白い。剣で突けるものなら突いてみろ」

といって、上衣のボタンを外し、胸をひろげた。菊地一等兵は、鍛え上げた筋肉をしている。押家兵長が、さすがにためらうと、

「おい。どもり兵長。ふるえとるんか。そんな恰好でおれが突けるかよ」

というと、押家兵長もかっとして「馬鹿にするな」というなり、帯剣を抜き、刺そうとする。

板室兵長は、これほどの大喧嘩になるとは思っていなかったので、間に入り、押家兵長の剣をとりあげ、菊地一等兵をなだめ、ほかの連中も手伝う。菊地一等兵は、

「どもり兵長。五年兵だなどとでかい面をするな。おれは昭和十三年徴集だぞ」

と、叫んだ。まさに古兵中の古兵である。板室兵長は、昂奮している菊地一等兵に、

「菊地さん、気分直しに一杯やりましょう。同年兵が炊事にいるんです」

といって、無理に手を引っ張って、炊事場へ行く。下士候の太田伍長は、炊事班長である。板室兵長が、菊地一等兵を引っ張って来て「よろしく頼むよ」というと、とっさに事情は察してくれ、ふたりが当番室に上がり込むと、すぐに酒肴が来た。そこで、さしむかいで酒を掬《く》みかわすことになる。菊地一等兵は、

「世話をかけてすまんな」

と、いいながら、酒を飲み、

「板室兵長は、現役三年兵だったな」

と、きく。

「十七年徴集ですよ」と答えると、

「驚いたね。若いのによく気が利くよ。内務班のまとめ方、ここへおれを連れて来て飲ませ

てくれる気配り、とても現役三年兵にできる芸当じゃないよ。いや、恐れ入りました」

といって、菊地一等兵は、少々おどけた身振りで、頭をこっくりと下げてみせ、酒の酔いも手伝ってきたのだろう。

「実はおれは館陶《たてとう》事件の時、現役四年の軍曹で週番下士官だった。職業軍人で身を立てようと思って軍務に精励した。中隊長の受けもよく、曹長への進級も早いと思っていたが、あの事件だ。おれはあの事件については何もしていないのに、週番だったというだけで、罪をかぶせられた。懲罰令はきびしい処断をする。一等兵に降等とはなァ」

おのずと、嘆息になる菊地一等兵を前にして、板室兵長は言葉を失った。まさか、館陶事件の関係者が？——と、菊地一等兵の顔をみつめ直したのである。

「館陶事件のことは、自分も、初年兵の時、中隊長からしっかりききかされました。そうですか」

と、板室兵長は、それだけを、ぽつんといった。あとにつづける言葉がない。

5

日本陸軍最大の不祥事件として、館陶（軍ではタテトウと呼んだ）事件は、全軍を震撼させている。

昭和十七年十二月二十七日。衣《ころも》兵団（第五十九師団）の第四十二大隊第五中隊で起きた兵隊たちの叛乱事件で、中隊長福田中尉は、転属要員を選んで、金子兵長以下五名に、転属命令を伝達した。

金子兵長らは、第三十二師団から転属してきて日も浅く、今度の転属先が南方と知って、一晩中、中隊長室の窓下に立って哀訴したが、無視されている。南方転属というのは、もっともきびしい疎外で、中隊から無用視されたと、うけとらざるを得ない。金子兵長らは、班内へもどると、転属者仲間で酒を飲み、酔いが廻るにつれて、気分が殺伐になってきた。

独歩第四十二大隊は、大隊本部を臨清《りんせい》に置いていた。館陶県城は臨清の西南方三十五キロの地点にある。曠野の中の城である。第五中隊は兵員二百四十名だが、近辺に分屯隊も出ている。部隊は八路軍相手の戦闘に明け暮れ、気風そのものも殺伐になっていた。

中隊長の福田中尉は、前に師団の情報部の仕事をしていた事務系の温和な人物で、荒《すさ》んだ事態を処理するには不向きの人だった。事を穏便にすまそうとして、転属者たちを、城内の民間食堂に連れて行き、酒を飲ませた。浅野准尉が同行してなだめようとしたが、逆効果になった。かれらは中隊長の目前で、浅野准尉、日直の日下曹長らに暴行を加え、そこへ、自動車警乗から帰ってきた塙上等兵、草柳一等兵らがこれに加わり、さらに気勢があがり、遂には衛兵所に押し入って暴れ、中隊長以下将校を皆殺しにしてやるとわめき、手榴弾を暴発させ、小銃を発砲している。塙上等兵は全身に刺青《いれずみ》のある、やくざ上がりの兵隊である。

中隊長、幹部将校は、恐れて、邱県《きゅうけん》へ避難している。ここは第四中隊の駐屯地で、福田中尉ははじめ、第四中隊の兵力を借りて暴動を鎮圧しようとしたが、館陶から邱県へは電話が通じなかった。暴徒が通信線を破壊していたからである。衛兵勤務者も兵舎から逃げたので、中隊兵舎は無人の様相になった。

この事件は、上手に行動すれば、大隊内で収束もできたろうが、対八路密偵網も張りめぐらされている土地では、事件が軍司令部に洩れないわけはなかった。当然、収拾のつけようもない叛乱事件として処理される。

大隊本部は、一個小隊と憲兵五名を館陶に派遣したが、この時にはすでに、暴兵たちは館陶を出発したあとであった。かれらは、戦友たちの呼びかけがつづいたので、次第に落ちつき、夕刻には写真屋を呼んで、戦友たちと全員で記念写真を撮り、本部へ発つ時は、明るい表情で手を振っている。つまり、この時点で、事はおさまっていたのである。

しかし、事態は進展していて、かれらが臨清の部隊本部へ到着した時は、大隊長命令で、直ちに営倉へ入れられている。軍法会議に廻される運命が待っていた。叛乱罪は当然重刑である。

この事件に対し、正鵠《せいこく》な意見を述べた人があった。師団参謀の折田中佐で、受刑者たちの犯罪について、軍法会議とは大袈裟すぎる。これは飲酒による一時的な錯乱によるできごとである。なぜなら受刑者たちは入倉後、深く反省し懺悔している——といって、法廷に対し、極力減刑を訴えたが、通らなかった。事件関係者十五名のうち、十二名の将校、下士官が起訴されている。

かれらの罪名は「上官脅迫」「上官暴行」「軍中党与抗命」「党与用兵器上官脅迫」その他で、また上級者には「部下衆犯不鎮圧幇助ノ罪」が課される。当日の衛兵司令や衛兵も「軍中哨令違反」で処罰される。

いわば、軍部は、この事件のような不祥事が、他隊に及ぶことを何よりも惧《おそ》れて、当事者を厳罰に処したのである。首謀者の兵二名は死刑、一名無期懲役、及び六年、四年、三年の懲役、幹部らも禁錮刑（当然一等兵に降等される）、中隊長は拳銃自決を強要され、師団長、旅団長、大隊長も更迭になった。

当日の週番下士官であった菊地軍曹が、無事ですまされるわけはなかったのだ。

「――館陶事件のことは、頭には残っていますが、自分らは話題にはしません。愉快な話ではないからです」

――と、少しして、板室兵長はいう。

話題にしたくないのは、重大事件とはいえ、人命は殺傷されたわけではない。兵隊たちは、最後はおとなしく、転属命令に従ったのである。兵隊として、八路戦にはよく働いている。判決には、どこか暗く澱《よど》んだものが感じられるのである。

「――もう過ぎ去ったことだが、あの中隊に籍を置いたおかげで、すべての夢は微塵に砕けてしまったな」

と、菊地一等兵も、ぽつりという。

痛恨の思いは、消えるはずもないのである。

板室兵長は、その場の空気を変えたいと思い、自分の経験を話そうと思った。

「――昭和十九年の天長節の時のことですが、自分にこんな経験があります。安邱《あんきゅう》にいた時、宴会の席では酒が飲めませんので、ほどほどに引きあげて班で休んでいました。そこへ、小銃班の長谷部軍曹が、ぐでんぐでんに酔って、うがい薬の入った瓶を提げて入ってきました。私たちは〝上官〟と叫んで、みな起立し、自分は敬礼しましたが、なにか気に入らぬことがありましたのか、長谷部班長は〝ここの内務班はなっとらんぞ〟というなり、手にしたうがい薬の瓶を、床に叩きつけました。自分はそれで〝班長殿、なにか悪いところがありましたら教えてください〟といいますと、班内にいくつも備えつけてあるうがい薬の瓶の一つをとり〝この軽機がなっとらん〟というなり、うがい瓶を軽機の放熱筒にぶっつけました。自分が〝班長殿、軽機は兵器です。瓶をぶっつけないでください〟というと〝生意気をいうな〟といい、またぶっつけようとします。そこで自分は、とびついて、やめさせようとしましたが、なにぶん相手が酔っているので、はずみで班長は倒れて、尻餅をつかれました」

「それで、争ったのだね」

と、菊地一等兵は、興味を覚えたらしく、きく。

「長谷部班長は、起き上がるなり、怒って、さらにまた、うがい瓶を軽機の放熱筒にぶっつけました。自分はかっとして、長谷部班長にとびかかり、押し倒し、床の煉瓦が一枚外れていましたので、それで殴りつけようとしました。初年兵がとめましたので、殴りつけた煉瓦は、班長の額をかすっただけでしたが、それでも血が出ました。その騒ぎで分隊長や浦准尉、白石曹長などが駈けつけてきて、自分は分隊長に殴られ、中隊長室で叱られ、揚句《あげく》、営倉に抛《ほう》り込まれました。自分は、どう考えてもこちらが正しいので、あやまる気にはなりませんでした。結局、私の立場は理解してはもらえましたが、初年兵係先任の上等兵殿からは、失神するまで殴られました」

「殴られたのは、見せしめだろうが、だれが正しいかはわかってもらえたのだ。軍隊で、下級の者の筋が通るとは、めずらしいよ。館陶にしても、筋が通れば、死刑にまではならなかったろう。禁錮十年で充分見せしめにはなったのだ」

菊地一等兵のその言葉には、館陶にいた者としての、無念の思いがこもっているように、きこえた。

「菊地さんは、一度は除隊されたのですよね」

と、板室兵長は、きく。

菊地一等兵の態度に、落ちつきがもどっているらしいので、いくらか、ほっとした。

「降等と除隊とは、関係ないからね。五年兵になって、満期除隊の命令は出たが、恥ずかしくて国へは帰れんよ。といって、軍隊に置いてもらうわけにもいかない。仕方なく、現地除隊をして、北支で暮らすつもりで、ぶらぶらと日を送っていたら、また、今度の召集だ。身上書がついて廻るから、この先十年軍隊にいたとしても、おれはやっぱり一等兵のままだろうね」

「自分は、営倉に入れられました時、ともかく上官に暴行はしておりますので、上等兵のまま軍務を終えるだろう、と、覚悟はしました。それでも、兵長にしてくれたんです。長谷部班長が、実に乱暴な気質の人でしたから、そのおかげで、自分の罪が軽減されたのだと思います」

板室兵長がそういうと、

「というより、内務の成績もよく、軽機の射手でもあり、対八路戦でも、よく働いたからだよ。軍隊も、みるべきところはみているよ。だが、不運な巻き添えを食うと、生涯、うだつはあがらない。ま、泣きごとをいっても仕方はない。板室兵長よ、あんたはおれの、いちばんの朋友《ポンユウ》だ。おれも、一等兵として、八路と戦わねばならないが、よろしく頼むよ」

菊地一等兵は、神妙な表情でいう。

館陶事件のことはともかく、対八路戦のきびしい事情は、深まるばかりだろう。階級は一等兵に降ろされていても、その戦闘力も、性根も、菊地一等兵は、古参の召集軍曹だと思う。

「菊地さん、私は菊地さんを、班長と呼びたい気持ですよ」

と、のどに出かかる言葉をやっとおさえて、板室兵長は、

「菊地さん、教育隊の助教のつもりで、板室をみまもってください。それだと、安心して戦えます」

と、いった。

「泣かせるようなことを、いうてくれるなよ」

と、それは、笑いながらいって、菊地一等兵は、板室兵長のコップに、酒をついでくれている。

さらば青島《チンタオ》

1

昭和二十年十一月初旬のある日、嶗山《ろうざん》陣地の一角で起居していた独歩第十六大隊所属の関谷軍曹は、副官の綿引中尉に呼ばれて、つぎのような命令を受けた。青島《チンタオ》への出張命令である。

「出発は明日、糧秣受領の車が九時に出るから、その車に乗れ。だれでもいいから、兵隊も一名連れて行け」

この命令の内容は、青島市内の本願寺に安置してある部隊関係の遺骨を整理して、還送の手続をすることである。

青島には、終戦後、米軍と中国重慶軍とが進駐してきている。遺骨は、一般兵員より先に、内地へ送られるのである。

嶗山は、青島北方の山岳地帯の一角にある。

この命令を受けた時、関谷軍曹は、この命令は気が向かなければことわってもいいのではないか、と、内心に思った。すでに、終戦後三ヵ月余。日本軍は、いまのところ武装はしているが、これは、中共八路軍と戦うため、つまり、米軍と重慶軍に協力するための武装である。

しかし、日本軍は無条件降伏をしているのだし、当然、軍内部の命令系統も、崩れないまでも、統制力は失われつつあるはずである。

綿引副官も、その点は心得ていて、命令の強圧はしない。

「青島なら、見物かたがた同行したい、という兵隊もいるのではないか」

と、いい添えている。

青島はたしかに、アカシアの並木に彩られた、赤い屋根の瀟洒《しょうしゃ》な家並のつづく、美しい町である。昔、青島は、一介の小漁村だった。明治三十年に、ドイツは、宣教師二名が中国人に殺されたのを理由に、強硬に抗議して、膠州湾一帯を、九十九年間租借することに成功した。

それ以来の、ドイツ人らしい、技術と美意識で造り上げた、まるでお伽《とぎ》の国のような町、青島。むろん、その後の歴史の変転はあるが、青島が魅力ある町であることに変わりはしない。

しかし、戦火は、土地の事情を、大きく変えてしまっている。

済南と青島を結ぶ鉄道膠済線は、共産軍によって各所を爆破され、中国の一般住民の対日感情もよくない。以前は日本軍に協力していた県警も、住民と協力して、日本軍の糧秣輸送のトラックを襲ったりしている。

　蔣介石総統は、日本軍の降伏と同時に「以徳報怨」（怨みに報いるに徳を以てせよ）の布告を出し、日本軍を無事内地へ還せ、と、全軍に指令はした。しかし、これには条件がある。

〈日本軍は中共軍には一切兵器や設備を渡さない〉

〈日本軍の警備区域へは中共軍を入れない〉

というものである。

　つまり、重慶の中央軍の北上するまで、日本軍は、時によっては、共産八路軍と戦わなければならない。八路軍は、まず、日本軍が保有している、小銃だけでも二百三十万梃という兵器への執着がある。

　関谷軍曹らが警備している嶗山地区は、青島を見下ろす山脈で、十月になると、秋風が谷間を吹きめぐる。嶗山山脈は、清冽な地下水に恵まれた、景勝の守備地で、陣地構築も進んでいる。むろん、いままでは、対米戦のための陣地構築である。

　大隊本部事務室には、関谷軍曹のほかに何人かの下士官がいるが、いずれも関谷軍曹の後輩だから、関谷軍曹が副官の命令を拒否すれば、ほかの下士官もそれに従う。しかし、綿引副官は、終戦処理のために副官になった人で、関谷軍曹と年次は同じである。従って、終戦前の七月、関谷軍曹は、綿引副官の配慮で、北京へ出張させてもらったことがある。従って、青島に出張し、任務は果たしてやりたい。

青島は、日本とも、縁の深い土地である。

大正三年の第一次大戦の時、日本は、神尾兵団二万九千の兵力をもって、ビスマルク要塞等を総攻撃し、これを攻略している。

昭和三年には、蔣介石の北伐に際し、済南の在留邦人を保護するという名目で、青島に上陸し、以後、第二次、第三次の出兵により、青島を占領しつづけている。

青島は、華北では天津に次ぐ主要貿易港で、嶗山、霊川の二半島に抱かれた天然の良港は冬も凍らない。

兵隊はだれも、青島に憧れる気持を持っている。とはいえ、すでに終戦後の苛酷な状況下では、青島を親しく見たい気分など、湧くはずもなかった。関谷軍曹が、心当たりをさがし廻っても、ともに青島へ出張しようという仲間は、容易にみつからなかった。

青島の旅団司令部は、後方の李村に退き、市街には青島陸軍病院と、数名の将校が元の居留民会館で、米軍と重慶軍との交渉任務に当たっているだけである。従って、青島でどのような目に遭《あ》っても、本人の損になるだけのことである。青島は危険な町なのである。

「だれもいないか。いないだろうな」

仕方がなければ、副官命令で指名するしかないか、と、関谷軍曹が思っていた時、予備役の仲田衛生伍長が、

「自分がお供します。青島の町を見物したいですから」

と、申し出てきた。

「見物だけで帰れればよいが。とにかく、遺書だけは書いとけよ」

と、ひとことは脅しておいて、関谷軍曹は〈やれやれ〉と思った。やはり、任務は果たしたい。しかも、遺骨整理の仕事である。関谷軍曹にしても、身近な、何名かの戦友を喪っている。

2

関谷軍曹は、独歩第十六大隊の一員として、五年の軍務に服している間、一度も、駐屯地を出たことがなかった。済南も、天津も、北京も知らない。駐屯地安邱《あんきゅう》の町で暮らし、二十年三月に、全軍が嶗山陣地へ立てこもってからは、もはや、遠くへは旅が出来ない、という、そのきわどい時に、綿引副官から、北京出張の命令を受けたのである。任務は、北京の陸軍病院で病死した、西村一等兵の遺骨を引きとって、青島の本願寺へ納める仕事である。これが七月で、戦況も、まことにあぶない事情下にあった。

この出張には、天津からの現地召集、古谷上等兵が同行した。この古谷上等兵は役に立った。なにしろ現地召集だから、地の利に明るかった。当時の駐屯地坊子を出発し、張店を過ぎるころから、米軍のＰ51の襲撃を頻繁に受け、その度に列車は、荒野に、二時間も三時間も立往生する。

「班長。天津まで行って、自分の家へ泊まってください」

と、古谷上等兵はいう。兵站よりいいだろう、と思って、彼の家へ寄る。むろん彼は妻子に会いたいのである。古谷上等兵の家は、天津で、紳士物や小間物を扱っている大きな商店だった。行くと家族が出迎えてくれた。

歓迎されて、一泊したが、つぎの日、古谷上等兵は、

「伯母に会いたいので、二、三時間都合してください」

と、いう。余分な仕事で時間をとられるとは思ったが、古谷上等兵は支那語はペラペラだし、面倒みはいいし、諸事便利である。それで、洋車《ヤンチヨ》を駆って、伯母さんの家へ行く。

この家が立派だった。みごとな中国家屋。伯母さんなる人は六十くらいの品のいい婦人である。

「伯母の主人は、いま重慶にいて、蔣総統の高級参謀の一人です」

と、古谷上等兵がいうと、婦人は、

「主人はまもなく、天津へもどって来ます」

と、事もなげにいう。つまり、言外に、日本軍は敗けますから、と、教えているのである。

関谷軍曹には、いうべき言葉もない。

ともかく、ご馳走になり、津浦線で二時間、北京へ着き、陸軍病院へ行き、担当の衛生軍

曹に案内されて、霊安室で遺骨を受け取った。遺骨を持って、北京の町をうろつきもできない。関谷軍曹は、今夜はここへ泊めてもらいたい、明朝早く出発したい、といって、許可をもらった。なんとか都合して、北京を見物したい。

翌早朝、二人は、病院を出る。

古谷上等兵は、胸に、白い遺骨箱をさげている。北京駅では、兵隊たちがみな、遺骨箱に敬礼をする。関谷軍曹は、駅長に頼んで、遺骨箱を預かってもらうことにし、一日、北京見物をすることにした。北京発十六時十五分、青島着翌朝五時十五分の普通列車に乗らねばならない。

北京は、青く澄んで好天。天安門、紫禁城、天壇等をみて、駅へもどり、駅長に案内されて、特別車室に乗り込む。

青島までの旅も、米軍の空襲に悩まされて、楽な旅ではなかった。青島に着いたら、疲れて、ぐったりした。遺骨は、無事に納めた。

そうして、嶗山陣地へもどり、まもなく終戦になったのである。その後、三ヵ月ほどで、今度は、青島への出張命令である。

青島の本願寺には、遺骨が二十四預けられている。関谷軍曹が擲弾筒の教育を受けた時の、長野曹長の遺骨もある。地雷による爆死である。遺骨を、名簿と照合しながら、遺骨箱に貼付する用紙に、所属部隊、階級、氏名、留守宅を書き入れて、処理する仕事である。この仕事そのものは、だれかがやらねばならない、厳粛で重要な仕事である。

関谷軍曹は、命令を受けた翌日、仲田衛生伍長とともに、糧秣受領の車に乗った。陣地構築をしているころは、ダイナマイトの爆破音や、岩を穿《うが》つタガネのカチーン、カチーンという音が日も夜もきこえていたが、いまは何の物音もない谷間の道を下ってゆく。給水場を過ぎると、李村までは一本道である。

李村の旅団司令部に着き、日直下士官に申告をすると、衛兵所で武装解除をされた。関谷軍曹は軍刀と拳銃を、仲田伍長は牛蒡《ごぼう》剣と拳銃をとりあげられ、互いに、腰にぶらさげた図囊一つという、哀れな姿になった。

衛兵司令から、青島陸軍病院へ出る車があるというので、その車に便乗する。丸腰の軍医さんと衛生兵二名が同乗する。

関谷軍曹は、青島陸軍病院をみるのは、はじめてだった。軍医と衛生兵二名は、ここで下車する。車は一時間後に李村へ帰る、という。関谷軍曹は、歩兵部隊の笈川曹長が入院しているときいていたので、見舞う。急性腸チフスで、げっそり窶《やつ》れている笈川曹長を励まして、車に便乗して、本願寺の前で下車させてもらう。

寺内の暗い納骨堂で、二時間余りかかって作業を終える。まとめた書類を、和尚に渡す。ひどく無愛想な坊さんだったが、ともかく任務を完了して、二人は連れ立って大通りへ出た。

大通りへ出るなり、あっと驚いたのは、米軍の戦車、装甲車、トラックが轟音を響かせて、通過中だったからだ。トラック上のアメリカ兵は、関谷軍曹ら日本兵をみると、なにやら罵声を浴びせて、唾を吐く。

やりきれない。機甲部隊が通過し、ジープが何台か走り過ぎる。そのあと、さらにびっくりさせられたのは、米軍を見物していた支那人たちが、関谷軍曹らをとり囲んで、じろじろと、気味悪くみつめだしたことである。

「本願寺へもどりましょうか」

と、仲田伍長は、おびえた表情でいう。

何をされても多勢に無勢、泣き寝入りしかない。といって、引き返して、あの無愛想な坊さんの顔を見たくもない。

この日は好天だったが、そろそろ暮れはじめている。地理不案内の青島の町なかで、どうしようかと迷っている時、支那人たちの囲みを押し分けるようにして、支那服の男が寄ってきた。

「関谷じゃないか。なにをしている」

と、相手はきいてくる。日本語だ。びっくりした。何だ同年兵の五江渕《ごえぶち》ではないか。第三中隊の仲間、身近なつきあいだった。五江渕は暗号手として本部勤務をし、通信隊に移籍して嶗山陣地にいたが、終戦になり、

――希望スル者ハ現地除隊ヲ許可ス

という通達に従って、彼は以前満鉄にいたので、華北交通の友人を頼り、除隊して、居留民として青島にいたのである。

関谷軍曹にとっては、この五江渕の出現は、まさに地獄に仏だった。五江渕は、

「こんなところで何をしている」

と、重ねてきく。わけを話すと、

「いまどき軍服を着て、こんなところをうろうろしていては危ない。今夜はおれのところへ泊まれ」

と、いわれ、その言葉に従って、彼の家へ行く。五江渕の家は、大通りの裏の一角にあり、広い土間の中央には、煉瓦で造られた囲炉裏《いろり》があって、数人の男たちが酒を飲んでいた。三方の壁際には、梱包された荷物が積み上げられ、いつでも引き揚げられる準備ができているようだった。

「軍務についてるより、現地除隊したほうが、どうやら先に内地へ帰れそうだ」

と、五江渕はいい、二人に、酒をすすめる。

すすめられるままに、関谷軍曹も仲田伍長も、くつろいで酒をよばれる。話題は尽きない。

ほかの引揚げ仲間も話に加わる。

「坊子と濰県《いけん》の居留民も、引き揚げてきて青島女学校にいる」

と、だれかがいい、関谷軍曹は濰県では世話になった人がいて、会いたかった。しかし、

果たせそうにない。

つぎの日、関谷軍曹は、五江渕に礼をいって出発し、大通りは避け、青島神社の境内をぬけて、海岸通りへ向かった。五江渕がなにかと教えてくれたのである。

青島神社は荒廃していた。青島の日本人たちの心の象徴だった建物も崩れ、桜の並木も無残に切り仆《たお》されている。境内には秋草がはびこり、社殿も燃料にされてゆくのであろう。

「仲田伍長よ。敗けた実感がしみじみと身にしみるなあ」

と、関谷軍曹は、仲田伍長と、感慨を洩らし合った。

毀《こわ》れた社殿を拝み、境内を出て、海岸通りに出る。町並はアカシア並木に彩られて美しいが、物々しい軍事色に圧迫される。住宅街は、硫黄島を攻略し、青島に上陸した、米第八海兵師団の宿舎になっている。このことは五江渕からも教えられてはいたが、着剣した歩哨が、二十メートル間隔で、ずらりと並んでいる。

米兵が、敗残の日本兵に、好意を持つわけはない。歩哨たちは、先を急ごうとする関谷軍曹らに近づいてきて、さげている図嚢を、からかい半分に剣尖で突っつく。なにやらおどし言葉を吐く。

やっと通りをぬけたが、冷汗が噴き出た。

海岸へ出た。

司令部へは、何度か来たことがあるので、ここまで来れば一安心と思ったが、前面の海をみて、関谷軍曹らは、また愕然とした。

眼前には、青島湾を黒々と埋めつくすアメリカ艦隊の、数えようもない艦船が、隙間もなく停泊している。艦船群の間を、ボートが往来している。航空母艦を飛び立った艦載機の編隊が、爆音とともに頭上を過ぎる。

独立混成第五旅団は、嶗山の天険を頼りとして、この鋼鉄の大船団に戦いを挑もうとしていたのだ。一門の高射砲も、一台の戦車もなく、貧弱きわまる装備で、いたずらに洞窟陣地を掘りめぐらしていた、といっていい。戦いとなったらいく日防げたか、どう考えても、一日か二日で、嶗山を揺るがして、陣地も兵隊も、壊滅したはずである。

関谷軍曹らは、複雑な思いで、大艦隊をみまもった。その威容に、どうしようもなく、惹《ひ》き込まれてしまっていた、といっていいのかもしれない。

すると、その時、二人の背中に、ぱらぱらと小石が降ってきた。振り向いてみて、二人はまた、愕然とした。うしろに、海兵隊員が五人みえた。彼らは酔っているのだろうか、なにやら叫びながら、こちらへ迫ってくる。石を投げつけてくるのだ。

つかまったら何をされるかわからない。関谷軍曹らは、急ぎ足にその場を遠のきかけた。ところが、海兵隊員らは追ってくる。小走りになる。相手も歩度を速めてくる。それがわかる。

元の司令部の前へ出た。司令部には、青天白日旗が掲げられている。緑色の軍服を着た重慶軍の歩哨が立っている。同じ東洋人だ。逃げ込もう。そう思って門内へ走り込む。

歩哨は、明瞭な日本語で、

「兵隊さん、早くこちらへ、入りなさい」

といって、建物の扉を開けて、関谷軍曹らを、迎え入れてくれた。

酔った海兵隊員と、重慶軍の歩哨とが、どのようなやりとりをしたか、関谷軍曹にはわからない。わかったことはただ、蔣介石の「以徳報怨」の精神が、間違いなく生きていた、それによって庇護された、という事実である。

建物を出る時、関谷軍曹らは、歩哨たちに礼をいい、握手をして別れ、連絡所のある居留民会館にたどりついた。会館といっても、中はがらんとしていて、うす暗い部屋にアンペラが敷いてあり、奥地からの引揚げ者らしい人が数人片隅の荷の脇にいる。

事務室には、兵隊が二人いた。表にトラックがとまり、その運転手らしかった。階級章はつけていない。

「李村まで帰りたいのだが、車は出せないかね」

と、きくと、

「車は一時でないと出ないね。そこらへんで昼寝でもしてな」

と、ひどく横柄な口ぶりである。ガラの悪い兵隊だと思ったが、争いもできない。それにひどく空腹を覚えた。ろくに食事をしていないのである。

一時になると、昼食でもしていたらしい将校が二人もどってきた。一人は大尉である。関谷軍曹は、大尉に経過報告をし、出発するトラックに便乗させてもらう。

これで、青島の町とは、お別れである。

終戦後の、あわただしい時間の中を、走りぬけてきたような気がする。ともかくも、任務だけは果たしての、帰隊である。

「青島見学の、ふしぎな経験でした。でも、来てよかったです」

と、仲田伍長は、いう。

関谷軍曹らは、李村へもどると、そこで、預けてあった武装を返してもらい、身につける。それで、いくらか、シャンとした気分になった。とはいえ、いずれは、武装解除で、身ぐるみ剝《は》がれるのである。

嶗山陣地へ向かうトラックの用意が出来た、と、知らされる。

トラックの上で、

「これから、どうなるんですかね」

と、仲田伍長が、不安気にきく。

「なりゆき任せだね。青島も、ほんとに、いい町だったのになあ」

と、関谷軍曹はいい、

〔これも、もう要《い》らんな〕

と思って、首から吊っている認識票を外して、道脇の草の中へ抛《ほう》り投げた。認識票は、お国のために戦って死んだ時に、役に立つ身分証明票である。しかし、もう、みんな終わってしまった、という、索漠とした思いだけが、関谷軍曹の胸に在ったのだ――。

南寧作戦《なんねいさくせん》

1 南寧への泥濘の道

1

昭和十四年八月中旬。

第五師団野砲兵第五聯隊第二中隊の山田軍曹は、中隊が駐留していた大連市外周水子の小村で、部下たちと、

「このたびはいのち拾いをしたようだなぁ」

と、話し合っては、毎夜、小宴会をやった。

この駐留地では、町の銭湯へも通えたのである。ドイツ風のビールはただで飲めるし、酒はむろん飲めるし、仕事はない。いたってのんびりしている。

そんな生活がつづいての十月のある日、輸送船に積み込みがはじまっている、という噂が出て、波止場へ出向いてみると、青島《チンタオ》から乗ってきた輸送船ゼノア丸に、積み込みがはじま

っている。といっても、積まれてゆくのは大根ばかりである。

「なんじゃい。大根を積んどるのか」

「船の名も大根丸と変えるそうじゃ。どこへ行くつもりかのう」

などと、兵隊たちは、ふしぎがった。満洲の十月は、広漠たる耕地のどこも大根畑ばかりである。

大根のほかにも、積み込みはあったのだろう。そのうち、命令が出て、部隊が船にもどると、船団は夜のうちに出航する。行く先はわからない。十月も末になっている。

大連を出航して三日目、兵隊たちの間に、

「瀬戸内海へ来ちょるぞ」

という声があがった。船団（護衛の駆逐艦をふくめた十数隻）は、その時、関門海峡を通過していた。甲板へ上がることは禁止されていたが、そのうち、

「宇品《うじな》ぞ。どうやら古参兵は満期かもしれんのう」

という噂がひろがった。

無理もなかった。師団は、盧溝橋の開戦以来、昭和十二年八月から丸二年余、長城線に出動してからは太原、徐州、広東攻略戦と第一線の戦いを重ねて来ている。野砲兵の山田軍曹たちも、むろん、口径七五ミリの砲口から、砲弾を撃ちに撃って勝ち進んできた。広東戦のあと、青島へ来て休養中、ノモンハン戦が苦戦の状況となり、増援を命じられた。師団は青

三木部隊主力戦闘参與前ニ於ケル松本大隊正面彼我態勢要図

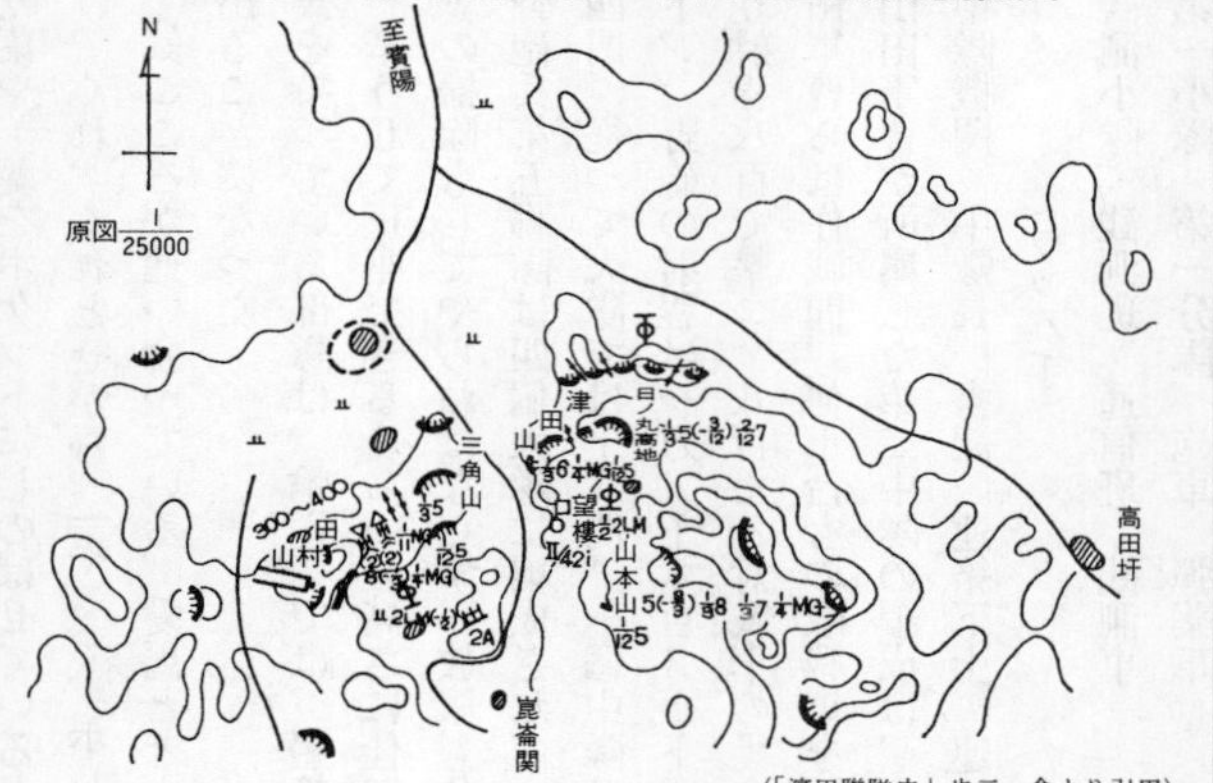

(「濱田聯隊史」歩二一會より引用)

島を発ったが、大連で上陸した時、停戦協定が結ばれた。それで遊休していたのである。船団は宇品港で、新しい積み込みをはじめている。軍が、有能な師団を遊ばせておくわけはないのだ。満期にしてはなんの音沙汰もないのう、と、兵隊たちがさすがに浮かぬ気分になっていると、出船命令が出て、輸送船団は宇品港と別れる。そして台湾海峡近くまで来て、仏印援蔣ルートを遮断する作戦に向かうのだということがはっきりした。

しかし、この時にはまだ、野砲兵第五聯隊第二中隊の山田軍曹たちも、行く手に、どのようなきびしい未来が待っているかについては、なんの予想もしてはいなかった。

野砲隊は馬を使うので、馬は大切にするし、馬との馴《な》染《じみ》も深まる。兵営で、兵隊が加給品の乾菓や羊羹《ようかん》をポケットにしのばせていると、馬はすぐに気付いて、鼻先をポケットにくっつけ、くれ、くれとせがむ。「やるぞ、ホレ、あーんせい」というと、馬は大きく口をあける。気ごころが通い合っている。愛馬とともに各作戦を戦い、今度はまた新しい南方の作戦に出ることになった。

馬を持っている部隊は、輸送船では、船艙を何段にも仕切った最下層に馬を入れる。兵隊は、辛うじて正座できるくらいの高さに仕切られた船室で起居する。馬には、給餌のほか、馬糞の掃除もしてやらねばならず、放尿も仕放題。汚れた藁《わら》などは、夜間に海へ抛り込む。

野砲兵第五聯隊は四個大隊に編成され、一個大隊は四個中隊。一個中隊には十サンチ榴弾砲四門。従って大隊では十六門。一個中隊は砲を四門もつ。一個分隊に一門ずつ。砲の重量三トン。野砲の射程は一万二千六百メートル。三、四千メートルだと命中率が実によい。ふつう射程八百で撃つ。八百だと対戦車の場合、戦車の底部を狙える。確実に擱坐させ得る。山田軍曹らは作戦間、何十台もの敵戦車を擱坐させて来ている。

山田軍曹が所属した第二中隊の編成は、つぎの如くである。

中隊機関　中隊長　書記　連絡下士　連絡兵

（ラッパ手）

観測小隊　観測班　通信班　観測車

第一小隊　第一分隊　砲車　弾薬車

第二分隊　砲車　弾薬車
第二小隊　第三分隊　砲車　弾薬車
第四分隊　砲車　弾薬車
段列　第五第六弾薬車　予備品車

野砲兵分隊の編成は、隊長一、砲手六、駇者六、弾薬車一となっている。六名の砲手の役割分担は、照準、弾丸こめ、砲を動かす、弾丸の信管を切る、段列との間にいて弾丸を補充する等にわかれる。分隊長のみ拳銃を持ち、あとは剣のみ。三八式騎銃を支給されている。

因みに第五師団は、昭和十二年八月からの戦闘序列における編制は、師団長板垣中将、第九旅団長国崎少将、第十一（広島）聯隊長長野大佐、第四十一（福山）聯隊長山田大佐、第二十一旅団長三浦少将、第二十一（浜田）聯隊長粟飯原《あいはら》大佐、第四十二（山口）聯隊長大場大佐、野砲兵第五聯隊長武田大佐、第一大隊長小川少佐、第一中隊長寄本大尉、第二中隊長岸大尉、第三中隊長浜岡中尉、第一大隊段列木戸少尉。

右の編制で師団は、昭和十二年八月以降、宇品港から釜山へ、朝鮮半島を北上、天津付近の沙河鎮から戦場へ、張家口、大同、浙口鎮、太原、台児荘、広東攻略戦、そして青島へもどり、ノモンハン増援で大連まで来て、いったん宇品へもどって、南方へ向かっているのである。

昭和十四年十一月八日に、船団は海南島へ上陸した。兵員もだが馬匹の休養のためである。

大連からの船内生活約一ヵ月にわたっている。海南島の三亜港へ着いた時、船底にいる輓馬《ばんば》は腹の呼吸が早まり（疲れている）それに食欲もぐっと落ちていた。上陸させた時は、足元もさだかではないくらいだったが、南洋の風景、風の薫り、三泊したら、馬も元気をとりもどした。再び乗船して、目的地南寧へ向かう。

敵前上陸である。

船団が、広西省欽州湾に到着した時は、あいにくの台風となった。風速二十七メートル、怒濤狂乱の中を、揚陸する。歩兵部隊は先に上陸し、橋頭堡を確保、野砲隊その他それにつづくが、なにしろ馬を上陸させねばならない。船腹を三十メートルも上下する風雨の中での下船である。輓馬、砲、弾薬と、懸命の作業で、無事に揚陸する。馬は荷物同様、宙吊りで上陸させたのである。

輓馬は、砲車を装着すると、自分の任務を理解して、勇んで歩み出す。

山田軍曹は、分隊の面倒をみながら行進中、

「おい、房夫、房夫」

と、呼びかけられた。みると、なんと、衛生少尉の兄が、歩兵部隊の列にまじって、前進している。病者の手当でもあって、遅れて本隊を追及しているらしい。

〔まさか、こんなところで〕

と、驚いたが、山田軍曹は、手をあげて合図をする。ほんの束の間、眼と眼を交わしあう邂逅だったが、嬉しかった。

「班長、幸先がいいじゃないですか」

と、様子をみていた部下が声をかける。

「これで、負傷でもして、兄貴に手当でもされたら、美談の新聞ダネだな」

と、山田軍曹は笑ったが、ともかく上陸作戦がはじまっているのである。前方では、銃声がきこえる。歩兵部隊が交戦をはじめている。野砲兵第二中隊は、金鶏塘に上陸してから、砲車を曳いて進んでいるのだが、いわゆる南寧への公路は、敵兵が、道路を切り刻んでいるので、工兵が道を埋めるのを待って、辛うじて砲を進めているのである。第二中隊は、歩兵第四十二聯隊第二大隊に所属している。この作戦間、第二大隊とともに、運命を共にすることになる。

2

ここで、軍が南寧作戦を発起した事情についての、要点に触れておきたい。

日中戦争（支那事変）の開始以来、外国の中国に対する補給連絡路を遮断することが、軍の重要な命題となって来たが、仏印ルートは、とくにその重要性を増してきていた。仏印ルートは、海防港《ハイフオン》から河内《ハノイ》を経て老開で国境を越え昆明に至る雲南鉄道（滇越鉄道《テンエツ》）と、河内から分かれた鉄道で国境に近いドンダンに進み、それから先は隊商路を自動車で南寧に出る、二つの路線がある。このルートの遮断は、外交交渉では捗《はかど》らず、軍は、昭和十四年に、南寧を攻略して、仏印ルートを押さえる方針を樹てた。

軍は、南寧―龍州道に沿う敵の補給路を遮断すると共に、滇越鉄道及び滇越公路に沿う敵の補給連絡路遮断、海軍航空作戦をも強化するに決し、作戦時期を十四年十一月中旬とした。

この作戦は、いずれ仏印に進駐する意図を蔵している。

南寧作戦は、海軍と協同して欽州南方地区に敵前上陸を敢行し、欽州、防城付近に進出後、南寧付近の要地を攻略するを目的とし、作戦参加の兵力は、

第五師団

台湾混成旅団

協力部隊

第五艦隊

海軍第三連合航空隊

右で、今村中将を師団長とする第五師団は、十月末から十一月初旬にかけ大連、旅順を出帆し、いったん宇品へ寄り、積荷と高射砲を積載して南下、十一月七日には海南島に集結したのである。

塩田少将を旅団長とする台湾混成旅団は、仏山（広東南西約十キロ）に駐留していたが、十一月九日には、三亜港に集結している。安藤中将の第二十一軍司令部も、十一月十日には三亜港に到着している。

十一月十三日、七十余隻の輸送船団は、三亜港を出港し、二十七メートルの台風を冒して、欽州湾岸に上陸を敢行している。

この南寧への上陸作戦についての模様を、隷下各部隊からさぐってみる。

歩兵第四十二聯隊第二大隊は、ゼノア丸に揺られて大連港を出て、下関、門司をみて宇品港に停泊。ここで上陸用舟艇や戦闘資材及び夏衣袴が積み込まれ、船は無情にガラガラと錨を巻き上げて出港している。船内で、気温の上昇とともに、衣袴を着更《きが》えている。

「あまり嬉しい衣更えではないのう」

と、だれもがいったのは、当然の実感であったろう。

聯隊は十一月十三日に、左の命令を受領している。

――聯隊は東京《トンキン》湾北海に敵前上陸する。中隊は一線上陸し、すでに退却しつつある敵を急追し、南寧に向け攻撃前進せよ。

上陸した夜は風雨の中である。部隊は寒い満洲から、三十度近い炎熱下に移動してきた。しかも、きびしい強行軍が待っていた。

兵員は背嚢に携帯口糧甲（米）三日分、乙（乾パン）二日分、それに繻袢袴下《じゅばんこした》や日用品、特に軽機分隊は予備弾薬が詰め込まれ、軍装の合計重量五十キロ（通常は約三十二キロ）を越えていた。

敵は、退却時に道路を寸断し、戦車壕を掘りその中に水を流し込んでいる。道路は稲妻型に切り刻んだところもある。壕は深く、一足踏み込むと膝まで埋まり、それを抜くと片方がずぶずぶと沈む。歩兵でさえこのありさまで、輓馬編成の野砲、山砲、輜重隊の車輌は、通行不能のため、駄載か兵隊の肩での分解搬送しか出来なくなった。

輓馬編成で行軍する苦労については、輜重兵第五聯隊第一中隊の内田第一分隊長が、つぎのように陣中日誌に記している。

十一月二十四日　那底発　輓鞍駄載での二日目の行軍で鞍傷馬が出て小生の乗馬を駄載さし徒歩での行軍なり。装具は鞍傷馬につけ第七班の石黒に引馬さす。その石黒が那塽墟を過ぎたころ「分隊長殿馬に引掛け（暴走）られて装具が無くなりました」と、いってきた。引返してみれば、ここに携帯天幕の切端あり、あそこに地下足袋の片方あり、煙草も千切れて散乱している始末なり。集めてまた引馬に着ける。那暁墟露営。

十一月二十五日　那暁墟発　大唐墟を通過、那陳墟宿営。道路より少し入った小高い部落なり。

十一月二十六日　那陳墟発　出発して一時間位峠を登り切った所から見れば向こうは盆地

なり。道は見渡す限り直線で遠くは霞んで気の遠くなる程なり。遙か前方に平地に一ヶ所こんもりとしたものあり、皆それぞれにあれは大木だいや山だ、などと口々に争う。小休止を二度三度してもまだそこに至らない。近づくにつれてそれは平地に佇立する巨大な岩山とわかる。漸く大休止（ひる休）のころその際《きわ》に着く。内地では考えられない風景なり。呉村墟という所なり。ここを通った者はこの岩山は脳裡に焼きついていることだろう。

輜重隊もだが、先行してゆく歩兵隊はさらに苦しい。左は、第三大隊第六中隊の一分隊長の陣中日誌の一節である。

——炎熱下の苦しい急行軍で、落伍者が出はじめる。装備をつけたまま死んだように倒れているのを目の端に入れながら歩く。時折銃声がきこえてくると、倒れている兵隊がふらふらと起き上がってついてくる。馬を連れている者は、その尾をつかんで引きづられるようにして歩いている。馬の中には泥濘に足をとられたのが、倒れて起きあがる力がない。その砲や糧秣を外して兵隊が担いでゆく。馬は首だけ持ちあげ、主であった兵隊を眼で追い、力のない声で鳴くのだが、それを振り切るようにして前進をつづけるのも辛そうであった。後続の兵隊が、そのまま餓死させるに忍びないのか、射殺する銃声がきこえてくる。騎兵の一隊が通りぬけてゆく。歩兵は道路の端に身を避けて、恨めしそうに見送っていた。

ある日、行軍の時だった。襲撃を受け、それぞれが地物を利用しての応戦。敵を撃退させ、ふたたび行軍隊形をとって歩き出した。分隊長が隊員の名を呼んで一人ずつ確認しているうちに、一人の中国兵が手榴弾を提《さ》げて紛れ込んでいたり、他の分隊では迫撃砲を担いだのが二人迷い込んでいた。雨の降る闇夜であったのと、強行軍で疲労困憊し、言葉を交わす元気もなく、黙々と感覚を失った足を機械的に運んでいる姿が、中国兵の移動にみえたのかもしれない。

ようやく大休止になり、近くの池の水で飯盒炊爨《すいさん》をして、どうにか腹を満たすことができたが、朝になってみると、青い水苔の中に敵兵の死体が浮かんでいた。気持のいいものではない。強行軍は体力の限界を通り越し、気力だけで歩きつづける。流汗淋漓、身体中の塩が噴き出て汚れた軍衣に白い塩が浮き上がり、眼だけ血走って、前へ前へと歯をくいしばって進む。行軍に落伍し、部隊より離脱すると、敗残兵の襲撃を受ける。そして、ほとんど死につながる。自分の分隊の兵隊を落とすまいと、弱った兵隊の背嚢を担ぎ、上半身を裸にして竹の杖で殴りながら気合をかけている分隊長もいた。私の分隊も古兵の半数が落伍しており、従って中隊の兵力も半減していたようだ。

上陸以来、道とはいえない泥濘の道を避けて、山を迂回しながら追撃をつづけているうちに、大寺関という部落にたどりついた。そこは大きな盆地の中で、部落の西側には見渡す限り枝もたわわに黄色い実をつけた蜜柑《みかん》畑がつづいており、隊列を離れて小走りにその実をもぎとっては頬張り、休憩の号令がかかると一斉に畑に飛び込んで雑嚢に詰め込み、歩きながら取り出しては食べていたが、馬上の大隊長も鞍の袋から出して、兵隊と同じようにおいしそうに口に入れていた。この蜜柑畑は翌日の夕方までつづいた。

われわれ第一線部隊は、どうにか物資に恵まれた。日本軍の追撃を知った住民たちは、どこへ行ったか姿をみせない。一日数十キロの戦闘行軍、大きな村落で大休止になると、住民が不在なので、藪の中にひそんでいる鶏や豚を追い廻して捕え、これを料理する。調味料は岩塩が主で、携帯の粉味噌や粉醬油を使用する。調味料は分隊員がわけて持つので、落伍者が多いと、塩気なしの料理になる。食事が終わると翌日の飯を炊き、湯を沸かすが、これらは初年兵の仕事である。不寝番や歩哨勤務も来る。つぎの日も、喘《あえ》ぎ喘ぎの行軍となる。

まわりの山野がいつしか岩山に変わりはじめたころ小休止があった。さっそく飯盒炊爨にかかると、炊煙が目標になったのだろう、迫撃砲弾が激しく撃ち込まれる。まだ炊きあがっていない飯盒を引っさげて、散開応戦する。歩兵はともかく野砲、山砲部隊は、駄載の荷を下ろし、馬に水をやり、馬手入をしてやらねばならない。食事も馬が先である。

岩山ばかりが多くなり、南寧に近づき、遠雷のような砲声がとどろく。大休止のほかはかわらぬ強行軍。呉村墟の岩山を過ぎると南寧になる。彼我の機銃音が耳につく。流弾が頭上を越える。北支での討匪戦とは違う、広西軍の正規兵を相手なのである。

河を渡ると、草原の向こうに南寧の市街がみえた。

「第六中隊攻撃前進」

の号令一下、駈ける分隊長につづく。軽機も小銃もともに駈けつづけて、南寧の市街の一角に突入した。残敵掃蕩をしながら、北部の要衝を攻撃、日没とともに敵は南寧を放棄して、賓陽街道を北へ敗走している。予想していたほどの抵抗はなく、聯隊は南寧を占領した。中隊は北街の守備についた。しかし、まだ、戦いははじまってはいないのだ。

南寧攻略作戦は、非常な荒天であったため、上陸軍も苦労したが、そのため、重慶軍の対応をも誤らせた。従って、緒戦から、日本軍は有利に、上陸、進撃できたのである。日本軍は、三縦隊となって、突進している。塩田兵団（台湾混旅）は右翼隊として、欽県から北上、南寧東方を目指し、中村支隊（第二十一旅団）は中央隊として南寧へ、及川支隊（第九旅団）は左翼隊として北上している。

三縦隊は、それぞれ勇進して、十一月二十一日から二十二日にかけて、南寧市街に突入している。進撃軍を妨げる邕江《ようこう》（河幅二百五十メートル、流速三メートル）を渡河しての突入である。邕江南岸には広西二コ軍、六コ師が守りについていたが、為すところなく北岸へ敗走している。

邕江渡河戦に際しては、中村支隊、及川支隊ともに、決死隊が対岸から民船を奪取し、これによって強行渡河している。

対岸には、重慶軍第百三十五師がいて、中村支隊先遣隊に対して二十数度に及ぶ逆襲を反覆して、頑強に抵抗している。

師団の南寧入城式は十一月二十九日である。

この、南寧攻略戦について、交戦した敵の兵力は三万。遺棄死体六千百二十五。捕虜六百六十四と、戦史には記録されている。日本軍は戦死百四十五、戦傷三百十五を数えている。南寧攻略にも、それなりの犠牲は強いられた。ただ、重慶軍との雌雄を決する戦闘は、このあとにつづくのである。

2 崑崙関までの攻防

1

広西省南寧は、冬季を除けば、南国ムードの豊かな土地である。中国の高官たちの別荘地にも利用されている。市街を貫流する邕江《ようこう》は、景色もよく、水鳥や、めずらしい野鳥も多い。春には、ツツジに似た羊蹄花《ようてい》が、いたるところに咲き乱れる。

しかし、いまは、悽愴《せいそう》な、日中両軍の戦いの場となりつつある。

ただ、日本軍と広西軍との間には、特殊の事情も介在していた。南寧は、もともと白崇禧将軍の居城で、広西軍閥の本拠地だった。この広西軍閥には、日本軍人が昭和八年末、軍事顧問兼教官として招聘されており、親しく交わった人々も少なくなかった。従って、中国軍との旧交をだいじにする関係者たちは、戦争の早期解決のため、広西軍閥李宗仁、白崇禧及び雲南省の龍雲などの、反蔣の蜂起にかける期待もまた根強いものがあった。戦争は武力とともに、政治の戦いでもある。重慶軍はそれぞれが地方軍閥なので、その統一にはむつかしいところもある。

南寧作戦そのものにしても、欧州大戦がはじまったことによって、英仏が拘束され、極東をかえりみるゆとりがない。その機に乗じて、仏印からの援蔣ルートを妨止し、あわせて北部仏印への進攻を狙いたいとする軍の考えがあっての作戦であった。

今村第五師団長のもとには、五年前、李、白両将軍の軍事顧問兼教官として南寧に聘せられたことのある中井大佐が、参謀兼特務機関長として軍から配属されていた。この中井大佐が、南寧陥落後二週間ほどして、付近在住の知人に、会いに来ないか、と申し入れたところ、集まった人たちは、

「私の村（南寧北方約四十キロ武鳴平野）の付近一帯では、蔣直系軍約十万が間もなく前進してくるという評判が広まっている」

と、告げた。

今村師団長は、南寧北方の山地帯を、十万もの大軍が通過するとは考えられない、として、この噂を黙殺した。そうして十二月十日に、白崇禧、李宗仁両将軍に、日支の提携か、然らずんば来り戦え、と、通電を発している。

白崇禧、李宗仁将軍に与ふる書

一、大日本軍は蔣介石政権と仏領印度支那との交通遮断を唯一の目的とし南寧地方を占領

せり。

一、我が南寧方面大日本軍は広西省に於ける白、李両将軍の施設、其の政令の徹底とに多大の敬意を表し、其の経営の破壊を極力避けんことに留意し、又両将軍治下の一般民衆の生命と其の幸福を保護せんことに充分の努力を致さんとす。

一、将軍よ、世界の大勢を洞察し立ちて東亜に於ける同文同種の両民族提携の促進に邁進せよ。

一、将軍にして悟る所なく飽く迄大日本軍に敵対せんとするに於ては何時にても全兵力を挙げて南寧奪回に来れ、我南寧駐屯軍は独力を以て将軍の五十万の軍隊と対抗して、なほよく戦捷し得る兵力と装備と航空兵力と確信とを有するものなり。

一、将軍の部下にして、南寧地方の戦闘に於て戦死を遂げた四千二百余の戦歿勇士は、これを南寧中山公園に合葬し鄭重供養しあり、乞う意を安んぜよ。

——こうした文書及び、白、龍雲に対するさまざまな政治工作も行なわれたが、やはり、事態を緩和する役には立たず、中国軍側からは、日本が〝飜然大悟シ併呑ノ心理ヲ自ラ除去シ、公平ナル合作ヲ為ス旨ヲ表示スルヲ俟《ま》チテ、然ル後ニ談判ヲ開始スルノ余地ヲ存スベク現在ハ未ダ時機到来セズ〟といった冷厳な、拒否の返答を得たのみだった。ここに於いて日本軍も、広西軍との決戦を強いられることになる。

今村第五師団長は、仏印国境の要衝である龍州及び鎮南関（南寧南西約百九十キロ）を攻略し、集積軍需品の獲得と敵補給路の破壊を企図して、龍州街道を補修させていたが、十二月十六日には概ね三分の一が、自動車通過可能になった。この日には、また南寧飛行場も既成された。ここにおいて龍州付近に山積する軍需物資の早期処分を決意した今村師団長は、及川支隊長をして歩兵一コ聯隊（歩兵第十一聯隊）、歩兵第四十一聯隊第一大隊（二中欠）を基幹とし、これに迫撃砲一中隊、工兵一中隊（一小欠）、兵站自動車一中隊（九十五輛）、衛生隊三分の一を配属して、十七日に行動を発起すべく命じた。

重慶軍十万が大反攻を意図している噂を、今村師団長は黙殺したが、実は、この時、重慶軍の大反攻が、現実となっていたのだ。

及川支隊長は、歩兵第十一聯隊長山県大佐の指揮する部隊（一大欠、工兵主力属）を先遣隊として、まず鎮南関を急襲せしめ、主力は龍州に向かうに決し、十七日八時に行動を開始した。支隊は、連日不休の行軍と工事を反覆しつつ西進、二十一日一八三〇主力は龍州を、また、一八五〇山県先遣隊は鎮南関を占領した。この間、二十日明江（鎮南関東方約三十五キロ）に達した時、突如師団命令に接し、歩兵第十一聯隊第三大隊を急遽自動貨車百五輛に分乗させて、南寧に帰還させた。重慶軍が大挙南寧に反攻してきたためである。

鎮南関から南寧までの百九十キロは、補修したので自動車は一応通れる。南寧から東へ五十キロの崑崙関までは、まだ昔の隊商路の面影が残っている。狭い道路がつづくが、トラックが通れぬこともない。

南寧から崑崙関までには、一塘（頭塘）から順に、二塘、三塘と、九塘まで名のついた集落がある。いずれも戸数二十戸から四十戸ほどの小集落が、三、五キロ間隔でつづいている。これも昔の隊商路の風物なのかもしれない。各塘は、入口にきちんと門がある。九塘は、崑崙関の入口にある。崑崙関の立派な城門は、山岳地を背負っている。この山岳一帯に、日本軍は陣地を敷くことになる。

南寧攻略後、崑崙関までの道路守備のために、師団長は諸隊の配備をきめている。

南寧東地区警備隊　歩兵第二十一旅団基幹　長　歩兵第二十一旅団長　中村少将

南寧西地区警備隊　歩兵第九旅団基幹　長　歩兵第九旅団長　及川少将

八塘北側地区

騎兵第五聯隊及び歩兵第二十一聯隊第三大隊　長　森本中佐

四塘地区

歩兵第四十二聯隊第二大隊　長　松本少佐

大高峯隘正面

歩兵第四十一聯隊第二大隊　長　友野少佐

十二月二日朝、八塘に位置する騎兵第五聯隊及び森本大隊の配備する正面に、戦車四輛と有力な砲兵を伴った重慶兵約千五百が来襲した。

今村第五師団長は、南寧東地区警備司令官中村少将に、この敵を捕捉殲滅すべきを命じた。中村支隊は同日夕刻南寧を出発、賓寧公路を急進して、八塘南側で所在の部隊を掌握して展開し、翌三日一六三〇攻撃を開始、三線の陣地に拠り抵抗する第二百師、第百八十八師を撃破して、約十キロ北進し、四日崑崙関を占領した。

翌五日午前二時四十分、中村支隊長は、歩兵第四十二聯隊第二大隊長松本少佐に対して、左記諸部隊を指揮し「攻撃並ニ捜索拠点」として崑崙関を占領確保すべきを命じ、主力を率いて六日朝、南寧に帰還した。

なおこの時松本大隊は、師団直轄となる。

松本大隊の編組

歩兵第四十二聯隊（第六中隊欠）

歩兵第四十二聯隊速射砲一小隊

独立山砲兵第二聯隊第二中隊

迫撃砲第三大隊第二中隊

工兵第一中隊の一小隊

師団無線一分隊

衛生隊の一部（二分の一）

旅団無線一分隊

日本軍の南寧攻略時における重慶軍の反攻はかなり激しくはあったが、兵力的にみれば特筆すべきほどのものではなかった。しかし、日本軍が崑崙関を占領した時から、様相は一変して、大激戦の気配を濃くしてきた。つまり、今村師団長が、十万の重慶軍が北方から来られる筈《はず》はないと断じたが、予想を絶する重慶軍の反攻がはじまる。

十二月十七日、今村師団長が、及川支隊に龍州に向かって出発させたその日、南寧の北東方五十キロに突出したわが第一線陣地崑崙関一帯には、果然、重慶軍の大軍が押し寄せてきた。

重慶軍は、在来の六コ師に加えて、遠くは宜昌南側、あるいは桂林周辺から進出してきた合計約二十五の師からなる大軍で、重慶政権の虎ノ子であった機械化師団及び空軍が含まれている。そして、その先頭に立ってわが軍に執拗な突撃を反覆してきたのは、広西省出身の少年兵を主隊とする第五軍三十コ師であった。

かくて、崑崙関の大激戦の幕が切って落とされたわけだが、戦いは、狭い地区での非常な混戦となるので、ここで地形、彼我の陣地の模様等を、つとめてわかりやすく記しておきたい。

南寧の北方一帯は、標高一千メートルの大明山山系が末広がりに流れてきた山塊で、標高三百～五百メートルの小高地が、屏風《びようぶ》のように遮って屹立《きつりつ》し、その間を無数の谷地小流が入り組む、錯雑した山地帯である。一般に標高四百メートル以下では樹木が繁茂して地の利を遮蔽するが、それ以上の高地は山肌が剝《は》げているので見通しはよい。道路は南寧から北上して武鳴に達する道路と、北東方に延びて七塘から北に折れて賓陽に通ずる賓寧公路（幅五メートル・隊商路と記した道）の二本だけである。前者は南寧北方二十キロの大高峯隘が、後者は南寧北東方五十キロの崑崙関がその関門をなしている。

崑崙関は、宋の名将狄青元が儂智高部を撃破して以来の中国では有名な古戦場で、阿片戦争の際も、英軍を撃破した地として高名であった。この崑崙関で賓寧公路に沿う隘路が東西二キロとややひらけ、公路が屈曲している。しかし、その外周には東二キロに六五三高地、四十二キロに四四五、四四二高地が屹立して、崑崙関一帯を瞰制している。

2

南寧攻略については既述したが、ゼノア丸に同乗していた古谷上等兵の手記から、いま少し、上陸時、行軍、賓寧街道付近についての記録を、紹介しておきたい。

上陸時の風雨のすさまじさは、上陸用舟艇につかまっているのがやっとで、しかも全員がひどい船酔いに悩まされていて、前方の兵隊の吐瀉物《としゃぶつ》が、風にあふられてうしろの兵隊の顔面を打っても、それを払うこともできなかった。辛うじて舟艇の舷側につかまっているのがやっとだったのである。

歩兵第四十二聯隊（坂田部隊）は、十一月十八日に防城県に上陸し、及川支隊を追及している。十一月二十日には、中村支隊が南寧を占領したという報告を得た。しかし、坂田部隊は一面水田の中の、悪路に悩んでいた。農道のため歩み辛いのである。人馬ともに苦しみ、水田の汚水を飲み、汗だくだくで歩む。弾薬車は弾薬を満載しているので、沈み込む車輛の荷をぬき上げようとするが、それでも荷が重いので沈む。結局、小隊長が下馬して、自分の馬に弾薬を積んで、ともかくも進む。

こうして十一月二十七日に、四塘に到っている。

南寧入城式は十一月二十九日だったが、三十日に、坂田部隊は師団命令で、大高峯隘付近で敵と交戦している及川支隊の救援に向かっている。敵は広西軍新編第三師約六千で、坂田部隊は敵を迂回作戦で攻めて戦果をあげ、敵を駆逐している。この時には、すでに、一塘から九塘までの行路は、戦場と化しつつある。

聯隊主力は、松本大隊（第二大隊）を予備隊として四塘から五塘、九塘に向かい、反転して南寧方面の防備に向かっている。松本大隊は、大隊主力と野砲一コ中隊（山田軍曹の所属した第二中隊・中隊長玉井中尉）と聯隊砲一小隊が、九塘付近の守備に就いている。

馬の鞍傷予防には万全をつくしたのに、九塘に着いてみると、全馬が鞍傷の痛手を負うていた。傷口からは肉が露出し、蝿がたかり蛆が湧き、獣医も手を焼いている。小隊長用の乗馬も、他の馬と交代させている。日本馬一頭の鞍傷がとくにひどく、廃馬と診断され、どこかへ捨ててこいといわれた。闇夜に兵二名を連れて馬を引かせ、九塘右側方を流れている幅百メートルほどの河の向こうへ逃がして帰った。ところが夜が明けてみると、その馬が、厩《うまや》の飼桶に他の馬と一緒に飼葉を食べている。小隊長に、この馬のことを話し、

「行く先どうなるかわかりませんが、治療をつづけさせてください」

といって、許可を得、ほっとした。

十二月十五日までは、まことに平穏な暮らしがつづいた。私が日直下士の時、第一分隊長が食糧の徴発に行きたいというので、輜重車を一輛曳いて出かけたが、数時間たっても帰って来ない。二百メートルほど先の小高いところから、銃声がきこえる。小隊長が私に事情をきくので、話すと、ひどく叱られた。それで、小銃をもってさがしに行き、崖の上から下をみると、車を曳いて、分隊長らが帰ってくるのがみえた。

「おおい、無事か」

と、声をかけると、向こうも手を振って答える。ほっとした。

これが、十五日のことで、十六日以降、事情が一変する。南寧をはじめ、九塘から崑崙関一帯に向けて、敵の大軍が動き出してきたのである。

十二月十七日は、日出〇八三〇、日没一九二〇、月齢十二で、夜間は約二百メートルの透視が可能であった。

十二月四日以来、松本大隊が攻撃並びに捜索拠点として占領している崑崙関の前方四キロの高地には、十二月十六日ごろから点々と工事をはじめる重慶兵が姿を現わした。

翌十七日一一三〇ごろになると、六台の自動車と、一台のサイドカーに乗って重慶兵が、そこの賓寧公路上の橋梁の補修にやって来た。松本大隊は、砲撃を浴びせたが、重慶兵は次第に増加し約千二百、重機四、山砲三、戦車十四を算するようになった。

重慶兵は、同夜、二〇〇〇前後から、ついに攻撃を開始してきた。まず左翼の第八中隊正面には、約六百の重慶兵が殺到、たちまちわが死傷三十二を数えた。

次いで重慶軍は全正面にわたって、刻々と押し寄せ、翌十八日一一〇〇には戦車三台がわが陣前五十メートルまで接近、こちらは、その先頭車（戦車中隊長座乗）を擱座させるなど、松本大隊の各拠点陣地に、早くも激烈な近接戦を交えた。

十二月十八日、今村師団長は重慶軍の反攻を知るや、直ちにこの敵を捕捉殲滅するに決し、歩兵第二十一聯隊長三木大佐指揮の部隊を、北東方五十キロ先に突出した崑崙関に急派した。

部隊の配分左の通り。

歩兵第二十一聯隊本部（通信班を含む）

乗馬歩兵一分隊

第一大隊（第三中隊〈半小隊欠〉、機関銃一小隊欠）

第二大隊（第六中隊一小隊、第八中隊、機関銃一小隊欠）

第十中隊一小隊、第十二中隊、第三機関銃一小隊
歩兵砲中隊（一小隊欠）
速射砲中隊（二門欠）

聯隊は、十八日午後五時、自動車三十一輛に分乗して南寧を出発、賓寧公路を急進して、三時間足らずで一九五〇、九塘に到着した。

松本大隊長から戦況を聴取した三木聯隊長は、同大隊を併せ指揮して当面の敵を攻撃するに決し、まずこの日夕刻、敵手に落ちた左翼の高地を奪回すべく、第五中隊長田村中尉に同夜の夜襲を命じた。

第五中隊は二一三〇、九塘を出発、途中敵の斥候群を排撃しながら第八中隊の一小隊を掌握して、二三三〇、攻撃前進を開始した。山頂の敵陣地前二十〜三十メートル付近で、鉄条網に遭遇、急霰のごとき射撃を受けたが、田村中隊長以下果敢に白兵を揮《ふる》って突撃を敢行、十九日午前零時三十分、同高地（爾後田村山と呼称）を占領した。最左翼の陣地である。つづいて、その南側凹地に第一大隊が展開、十九日天明までに攻撃準備を完了した。

しかし、その位置は、あたかも「スリ鉢の底」で、東西に屹立する六五三、四四一高地をはじめとし、比高二〜四百メートルの高地に囲繞《いにょう》され、しかもそこには重慶軍が満ちあふれていた。

聯隊は、十九日払暁とともに、攻撃を開始した。

しかし、重慶兵五千～六千は、三方の高地にあって我を瞰制、両翼高地から次第に包囲網を圧縮、中央の公路には戦車が突進してきた。左第一線第一大隊は、勇戦よく標高四四五東側高地を奪取したが、爾後三、四十メートルをおいて敵と対峙。右第一線松本大隊は、催涙ガスを放ちながら肉薄してくる敵と白兵戦を交え、早くも陣地争奪戦をくり返す始末である。すなわち攻撃は頓挫し、早くも弾薬が欠乏しはじめたのである。

その上不幸にも、この日は後方連絡線も遮断された。すなわち、聯隊が南寧出発に際し、車輛の不足で追及させることにしていた第二大隊や聯隊砲、速射砲の弾薬は、この日早朝、六塘西方二キロの地点で優勢な敵に阻止され、六塘～七塘間の橋梁も既に焼却されていた。また、七塘警備小隊は、二千三百の重慶兵に包囲され、翌二十日には追及の第十二中隊も、五塘付近で、約六百の敵に阻止されてしまった。

かくて聯隊は、攻撃第一日にして、早くも、崑崙関の局地に、完全に孤立してしまったのである。

重慶軍の反攻は、崑崙関だけではなく、南寧北側二十キロの大高峯隘にも重圧を加えてきた。そこには去る一日のわが包囲攻撃で沈静し、友野大隊が警備していたが、十九日戦車四、砲数門を有する約一千の重慶軍が現われた。南寧の直接警備に任じていた歩兵第四十一聯隊長納見大佐は、第二大隊（三中欠）を直率して出撃することを師団長に請い、十九日二〇四〇、二塘に到着、折からの月明を利用して、敵の背後深く武鳴街道上に進出した。次いで、大高峯隘守備の友野大隊と策応し、二十日払暁一時間前、南北から急襲した。狼狽した重慶軍は、相撃しながら北方に潰走、街道上に待つわが歩兵砲に痛撃された。

かくて、納見聯隊長は、二十日十八時南寧に帰還したが、爾後、この方面では、重慶軍は活発な動きを見せなくなった。

戦いの焦点は、猫額大の崑崙関に集中してくる――。

3 崑崙関周辺の布陣

1

南寧作戦に参加した諸隊のうち、触れることの少なかった塩田旅団（台湾混成旅団）について、ここで少々触れておきたい。塩田旅団は、崑崙関《こんろんかん》の高地に参加布陣したわけではないが、この作戦については、さまざまに救援活動をしている。

崑崙関に第五師団の一部が孤立、中国軍の包囲に陥ちた時、塩田旅団長は南寧の今村師団長に宛てて、

——予は貴方面の戦況にかんがみ、部下台湾第一（林）聯隊の二ヶ大隊を急派、明十七日正午貴地に到着の予定

という、無電を打っている。

今村第五師団長は、この塩田旅団長の厚意に感激している。この増援は、旅団長の独断に

よって実行されたものである。林聯隊は予告通り十一月十七日に南寧に到着、爾後同聯隊は、四塘で、遭遇する敵と戦い、重久大隊長戦死を越えて、さらに七塘で新たな敵と戦っている。七塘には二万の重慶軍がひしめいていた。林聯隊長は、この状況を師団長及び旅団長に打電し、塩田旅団長は十八日に師団長に無電で、

——貴師団の勇戦を感激す。予はさらに台湾歩兵第二（渡辺）聯隊の二ヶ大隊を明十九日早朝出発、貴地に急行せしむ

と、打っている。今村師団長はこの無電に感動して、手記につぎの如く記している。

——右の無電に接し、実に感動させられた。敵は二十万の大軍を集め、死にもの狂いで押し寄せてきたのだ。欽寧公路方面にしても、いつ情勢が悪化するかもしれない状況下に、命令や要請ではなく、進んで部下の大部を割いて友軍の急を救うとは真に感激の至りだ。日露戦争の奉天会戦で、前田隆礼旅団長が危急に瀕しながら、予備隊二ヶ中隊の大部を鴨緑江軍司令部の救援に差し向けて、旅団長自らは難戦の末戦死するという美談が残っている。それは軍命令による救援だっただけに、塩田旅団の救援はそれ以上のものだ。私の師団が爾後五十日近い大激戦に耐え得た最大の原因は、台湾旅団の厚い恩恵と義侠のたまものである。

台湾混成旅団は、警備地であった仏山一帯を第三十八師団と交代して、昭和十四年十月に

南寧作戦に向け出発してきていた。旅団は、欽州湾の敵前上陸時、風波のため、第二聯隊の第四、第七の舟艇が顚覆して、かなりの死傷を出している。その後は、既述の如く第一、第二聯隊に山砲、工兵、衛生隊が、それぞれのコースをたどって南寧へ向かった。

この台湾旅団と広西軍についての関係は、軍事顧問であった中井大佐の項でも触れたが、台湾山砲兵聯隊第一中隊の今村准尉は、南寧作戦従軍の中で次のように述懐している。

——昭和七年、日本から広西軍に山砲、重火器類を売り渡した時、その使用法を教育するため、台湾歩兵第一聯隊から森田大尉、山砲兵聯隊から林大尉などの将校下士官十数名が派遣され、約一ヶ年滞在して教育したいきさつがある。その際南寧付近に行った池田清範軍曹が、この南寧作戦には山砲兵第四中隊の准尉として従軍していた。池田准尉は戦場を勝手知ったる土地であるとともに、広西軍の山砲の着弾威力が正確であることは、うれしくもあり悲しくもありと語っていた。

歴史の流れに伴う皮肉な結果といいながらも、日中戦争のもつ格別な意味を考えさせられる。

いずれにせよ日本軍は、南寧から崑崙関に向けての戦場に、約三万をもって、その十倍もの敵を迎え撃ちつつある。台湾混成旅団の純粋な戦闘意欲を、今村師団長は喜んだはずである。

台湾混成旅団は、平時は台湾守備隊と称され、歩兵は台北と台南に各一コ聯隊が屯営、日中事変当時は、波田《はた》支隊として、上海と武漢作戦で活躍している。熊本師管の将兵で構成され勇猛果敢、小型第六師団の趣をもつ、歴戦に輝く強豪兵団だった（この旅団は南寧作戦の一年後、歩兵第四十六〈大分、熊本師団隷下〉聯隊を加えて、第四十八師団に編成される）。

南寧作戦の主戦場となる崑崙関に、松本大隊（歩兵第四十二聯隊第二大隊）に配属されて陣地守備についた野砲兵第五聯隊第二中隊の出動経過についても、少々触れておきたい。この中隊は、改造三八式野砲四門を曳いて、南寧へ猛進、作戦間の戦闘中は、残弾一弾もなくなる状況にまで、追いつめられることになる。

野砲兵第五聯隊第二中隊は、青島《チンタオ》での休養間、ビールは飲み放題（崂山山系からの地下水は中国で第一等の名水、ドイツはこの水を利用して青島ビールを製造した）、町の銭湯では湯女がサービスまでしてくれている。

しかし、南寧作戦出発後は、欽州湾上陸のあと、悪路に悩み、輓馬動けず、人力による砲弾薬の搬送、一キロ進むに数時間要した。道路は水田と化しているところが多かった。十一月十八日以後は、一日に八キロ進む。工兵隊の道路補修のおかげである。工兵隊の援助がなかったら、南寧へいつ達し得たかわからない。

十二月七日に、ようやく南寧に到着。中隊は、休む間もなく、兵器馬匹の手入れ、ことに

蹄鉄《ていてつ》の改装を急ぐ。十二月十日に、

——第二中隊は崑崙関付近の守備隊歩兵第四十二聯隊第二大隊に配属す。よって南寧出発崑崙関に前進し、松本大隊長の指揮下に入るべし、

という、堀毛部隊長の命令を受領した。

南寧到着後、軍馬六頭が、原因不明の病気で斃死《へいし》している。獣医の診断によると何れも肺が腐敗していて、みるも無惨だった。あまりの過労によるものではなかったろうか。

中隊は十二月十三日午前九時南寧出発。第一分隊（分隊長清水軍曹）は輓馬杉王号を思菜坪で斃死させているので、行動に特に難渋した。杉王号は輓馬として申し分なくよい馬だったのである。中隊は午後三時に四塘に到着。四塘小学校に宿営する。

十四日午前九時四塘出発。蜿蜒《えんえん》たる崑崙の連山を縫い一路前進。沿道における敵遺棄死体数知れず、十数台の重慶軍車輛、未だ燃えつづけるものあり、午後三時七塘に到着。山間の小高い丘上の七塘は、破壊し尽くされ目も当てられぬ陰惨な妖気漂う。七塘泊。

十五日午前九時七塘出発、九塘に向かう。七塘以後八塘までは道路の両側の山嶮しく狭隘なる道路、南寧作戦は山岳戦の様相にして、作戦行動の至難なるを予想される。正午九塘着。中隊長（玉井中尉）は、松本部隊長のもとに、命令受領のため先行される。

午後四時中隊は、九塘北方四キロ崑崙関付近の丘陵に陣地侵入し、「富田山以東に対し射撃し得る如く準備すべし」との命令により、午後七時目的の本道上左側の高地に陣地占領を

終える。中隊は砲列に一ヶ分隊を残し警戒に当らしめ、その他は五百メートル西方の段列に部落宿営す。第一夜は第一分隊長以下六名は陣地の分哨勤務に服す。四囲は崑崙山脈の山々、火光漏洩を厳に慎しむ。歩兵の分哨より連絡二時間毎に一回あり。南支の師走の夜は冷気深深と身に沁む。

十二月十六日、午前中、砲手全員陣地構築の増強を行なう。

主要なる第一線歩兵陣地は富田山、三角山、日の丸高地、田村山に構築された。

砲兵観測所は日の丸高地。歩兵大隊長、野砲兵第二中隊長も共にあり。

十二月十七日、中隊長及び観測小隊は、砲列右前方六百メートルの日の丸高地を観測所と定め、九塘東北地区並びに馬嶺墟に至る賓陽街道上を射撃し得る如く、要点に試射しその諸元を求めさす。

寡兵以て敵を攻撃するため、一兵たりとも傷つくべからざるため陣地を督励し、増強す。相協力して工事は大いに進捗せり。

夕陽は南国の諸峰に映え茜色に反射し、西山富田山に沈まんとする雄大な感あり。時午後五時なり。

段列の宿営(民家四、五軒)に分隊砲手を引率して帰る。午後六時ごろ敵五、六百名崑崙関南方に迂回す。富田山、山下の稜線を縫い、蜿蜒とつづく敵部隊の企図如何? 中隊は全員を呼集し段列西方高地に散兵壕を構築す。分哨数ヵ所を配置し攻撃に備えり。敵の火光二、三百メートル前方の谷間に点滅す。午後十二時、工事を終える。

十二月十八日午前二時、敵我が第一線陣地に夜襲せり。小銃、機関銃弾さかんに飛来す。墨を流せるが如き暗闇に何ら識別不能、敵田村山の歩兵分哨に対し、喇叭《ラッパ》を吹奏し突撃する事数回に及ぶ。午前六時三十分、砲列に至る敵の活動益々熾烈となる。田村山は砲兵の昼間諸元設定による砲撃にて奪還す。敵は益々増援、友軍の死傷者を続出さす。かかる折柄、賓陽街道より敵戦車進出し来たる。野砲の直接照準射撃をもって猛攻撃を浴びす。歩砲相協力して、敵の攻撃意図を破砕すべく正確なる射撃を行なう。全員砲列にて夜を徹す。敵の攻撃熾烈を極む。

十二月十九日、敵益々熾烈なる攻撃をくり返す。敵戦車、日の丸高地西方の隘路に出没し戦車の後部に歩兵を伴い、小癪《こしゃく》にも我々に挑戦し来たる。払暁を期し猛攻撃を浴びす。段列西方及び富田山を敵は奪取せんとして、段列を脅かす。敵益々兵力を増強す。歩兵第二十一聯隊某大隊長の指揮する、歩兵一ヶ中隊半来援す。

敵は南寧奪還を企図し、日本軍の兵力分散に乗じ、各個撃破せんとし、多数の兵力をたのみ、包囲殲滅を企図せるが如き勢力である。

——右は、野砲兵第二中隊の第一分隊長清水軍曹及び第二分隊長山田軍曹の記述及び談話による内容である。前線も後方もない接戦のはじまりつつある模様がくみとれる。重慶軍は督戦隊がラッパを吹奏して攻めてくるのである。日本軍には督戦のためのラッパはない。

三木部隊当面彼我態勢要図（於十二月十九日 日没頃）

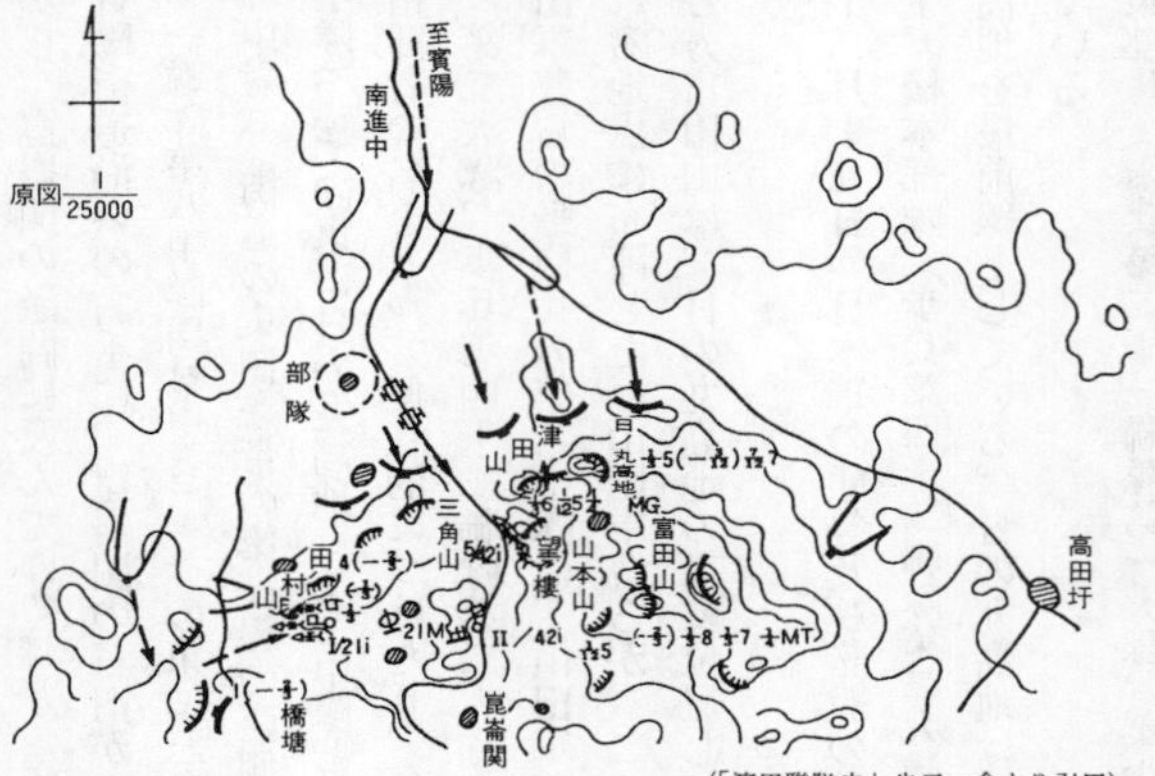

（「濱田聯隊史」歩二一會より引用）

右の、野砲の陣地配備に伴い、崑崙関陣地の日本軍の配備の模様を、いま少しこまかく記しておきたい。

崑崙関の石門のところは石窟になっていて、底を清流が流れている。関の西側を賓陽街道が走り、その街道を境に、西側と東側に、陣地が設定されている。しかし、戦線は、十二月初旬後は、地区において錯綜し、歩兵第二十一聯隊第三大隊（森本大隊）は、十二月二日は八塘付近で敵の大部隊と交戦していたが、第二中隊正面の敵は迫撃砲を乱射し、手榴弾を投げて攻撃してくること三度に及んでいる。中隊はその都度これを撃退したが、暗夜のため、敵の一部は第一線を通り越し、約三十名が聯隊本部に侵入してきて、田の畦《あぜ》に伏している本部伝令が敵兵に頭を踏まれるという状態まで生じた。むろん、この、迷走敵兵はすべて本部の兵員によって刺殺されている。つまり、このような乱戦は、さらに激しく深まりながら、崑崙関の激闘に及んでゆく。

賓陽街道沿いの右手に、崑崙関の石門があり、街道の左の山地に、西端に田村山（歩兵第二十一聯隊第八中隊田村中尉）、その東に三角山（第四中隊瀬尾小隊）、南に旭林山（第七中隊旭林中尉）、街道の東側一帯の第一線の西側に津田山（歩兵第四十二聯隊第六中隊津田少尉の一小隊）、その東に日の丸高地（第七中隊と第五中隊混成の小隊）等が布陣する。陣地の名称は指揮者の名をとって便宜的につけたり、地形からつけたものもある。歩兵第二十一聯隊第一、第二大隊、歩兵第四十二聯隊第二大隊を主軸として、互いに支えあっての布陣である。山田軍曹らの野砲兵の第二中隊は、山田軍曹らが地形の検分をしつくしてもっとも有利とみられる地点に布陣した。山田軍曹らが、この陣地で、夕陽の沈むのをみて感慨を覚えた陽の沈む方富田山は、日の丸高地の南に位置している。

十二月十九日の日本軍の態勢及び諸般の動静を『濱田聯隊史』を参照して記してみる。

1、松本部隊（歩兵第四十二聯隊第二大隊、第八中隊の一小隊欠）を右第一線。これは日の丸高地を最前線としている。日の丸高地は海抜五百メートルに近い突起した急峻な山肌をもっている。

東部隊（歩兵第二十一聯隊第一大隊、東少佐を長とする。第二中隊、第三中隊、機関銃一小隊欠、聯隊通信三付す）を中第一線、田村隊（一小隊欠、第三機関銃一小隊、歩兵第四十二聯隊第三大隊第八中隊一小隊、聯隊通信一付す）を左第一線。として、十九日天明とともに、当面の敵に攻撃を加える。

2、右第一線の松本部隊は、概ね攻撃準備を完了、中第一線東部隊の左第一線である第一中隊は橘塘（崑崙関西方約一・五キロ）、西北側高地の一角を天明前に占領したが、敵は正面及び左側に兵力を増加してその射撃は熾烈となり、戦闘は意の如く進捗せず、また右第一線たる第四中隊は田村山に進出し、第五中隊とともに東部隊主力の進出を待っていた。

3、十九日南寧に残置した山内中尉（第十中隊長）の指揮する部隊は未だ九塘に到着していない。

4、この日、敵は主として我が陣地の左翼、次いで右翼拠点に対して攻撃し、夜になっても依然猛烈を極めている。

5、飛行機の協力方を打電したが、この日は遂に飛来しなかった。

6、第一線の弾薬が欠乏し、特に聯隊砲、速射砲弾薬の大部分は、山内中尉の指揮する第二次輸送としたのであるが、この追及部隊は六塘西南方二キロ付近で迫撃砲を有する敵に前進を阻止されて、主力部隊の戦闘に大きな影響を及ぼした。

7、また敵は催涙性ガス弾を使用したため、防毒面の急送を欽寧兵団に打電した。

8、東部隊は白省北方高地に陣地を占領中の砲数門を有する数百の敵を攻撃し、十九日午後二時頃、同地を占領した。その第一線は敵との距離僅かに三、四十メートルである。

9、十九日夜に至り、敵は我が右翼松本大隊方面に攻撃の重点を指向し、反覆肉迫攻撃を敢行し、彼我白兵戦をまじえ陣地の争奪戦をくり返していた。

この日、野砲兵第二中隊は、砲兵陣地で、左前方八百メートルの三角山歩兵陣地の、敵の反撃攻勢をみまもっていた。激戦をつづけている三角山陣地は、遂に敵手に陥ちている。

「ツンゴピンも死物狂いでやりよるのう」

と、山田軍曹は、部下に話しかける。

すると、陣地に、中隊命令が電話できた。

――中上少尉は砲一門をもって三角山の敵を撲滅すべし

中上少尉は、砲撃の名人で、射撃は実に正確である。三角山へはしっかりと射撃のための諸元がとってある。

砲撃がはじまり、敵は甚大な損害を受け、観測所からは、

――敵は算を乱して敗走せり。歩兵隊は直ちに陣地を奪還せり

という、報が入った。

2

崑崙関の戦いは、日を経るにつれて激化してゆくのだが、日本軍が崑崙関山地を占領した十二月はじめ、つまり緒戦のころには、これは？——と思う、エピソードもあった。その二、三を、松本大隊長の回想記の中から拾ってみたい。

松本大隊長は、第五中隊長富田大尉、第六中隊長伊藤大尉、第七中隊長安田大尉、第八中隊長小川大尉らとともに、南寧作戦に臨んでいる。欽州湾に上陸、南寧に向けて前進中、安田大尉の第七中隊は尖兵となったが、前方に、敵の気配を察知し、大尉は隊伍を止め、古参軍曹が部下とともに敵の来るのを待ち、これを急襲し、三名を捕えた。下士官以下五名の敵だった。捕虜にした敵兵から、五塘に兵舎のあることを聞き、急行して五塘の敵兵舎に至ると、敵は驚いて、炊きたての飯をすてて逃げた。しかもトラック二台も置きざりにしている。日本軍は残された敵軍の飯を食い、トラック二台を友軍のために使った。

八塘に進出し、三木部隊長と中村旅団長を迎え、九塘と崑崙関を守備することを命じられたあと、小川大尉とともに、山地一帯を見廻り、隊の配置を考えた。

十二月八日ごろ、夕刻に、山裾の炊事場から、

「おーい、飯揚げに来い」

という声をきき、兵隊二名が飯盒をとりに下ってゆくと、途中に約二百もの敵が待ち伏せていて、捕まってしまった。日本兵が、飯揚げ——という言葉に弱いことも、敵兵は知っていた。日本共産党の鹿地亘らが重慶軍にもぐっていて教育しているのである。

また、第七中隊の兵隊十五名が、橋梁分哨に出ていた時、敵三百名に包囲され、全員が捕虜になっている。中隊は、この敵兵を追及して交戦し、敵は遺棄死体五十を残して逃走した。しかし、日本軍は十名を戦死させている。

この時の仕返しのように、敵戦車五輌が、橋梁へ向けて進んできた。速射砲の増山分隊長は、この戦車群を、平射砲座で迎え撃ち、残らず擱坐させている。距離百メートルで撃ち、敵兵は擱坐した戦車の天蓋を開けて逃げる。鹵獲した戦車は、九塘との連絡用に使っている。

十二月中旬以後、彼我の陣地争奪戦は、次第に深刻凄惨の度を増してゆく。崑崙関山地一帯の、錯雑してゆく乱戦模様の経過を、日を追って、みていきたいと思う。戦闘の模様は、十二月二十日から、いちだんときびしさを加えてくる。

4　重慶軍の大包囲網

1

〔十二月二十日の戦闘〕

1、この日より敵は、昼間に我が陣地を砲撃するだけで、有力な歩兵攻撃は受けなかったが、友軍機が帰還するとすぐ攻撃が来た。午後七時三十分戦車三、四台を有する敵が、松本大隊正面本道上に来攻している。

2、この日以来、我が第一線は弾薬並びに糧秣が極度に欠乏して、戦闘の持続を困難にしたが、九塘の聯隊本部にいた聯隊小行李（輜重兵松崎上等兵以下十名）は、敵弾雨飛の中を勇敢に挺身して補給に当たり、その任務を完了している。

3、この日の午後、数百の敵が九塘に侵入してきたが、予備隊の第十二中隊の一小隊が撃退している。

4、日没後、敵の重砲は聯隊本部の位置である九塘にも砲撃を開始し、数弾は軍旗の近くに炸裂し、聯隊旗手竹内少尉及び旗護兵は、濛々《もうもう》たる砂煙をかぶって苦戦した。
5、後方の補給通路線を確保すべき任務をもつ八塘警備隊は、この日の夜、敵にまったく包囲されてしまった。
6、我が海軍飛行機は、戦闘に密接に協力はしてくれた。小銃、重機関銃の弾薬投下は、われらの士気を大いに鼓舞してくれている。しかし、飛行機が飛び去ると、それを待っていたかに、今度は敵機が上空に姿を現わし、われらが第一線陣地を爆撃した。
野砲隊は、周囲を高地に囲まれた小さな盆地に布陣して、終日敵と対峙している。戦況に進展はない。友軍機の飛来によって、馬嶺墟方面から天に冲する黒煙のあがるのが見えた。これは油倉庫に巨弾が命中したからである。

敵戦車は、日の丸高地の左下隘路から進出したのを、速射砲で迎え撃ち、二台を鹵獲している。速射砲の威力はまことに快い効果をあげる。

富田山に敵五、六百がいっせいに突撃してくる。砲一門をもって直接照準により猛射を浴びせ、まさに突撃成功せんとする敵兵を阻止した。敵の占領意図を破砕したのである。

「よう当たる。弾丸さえつづけば天下無敵ぞ」

と、第一分隊長清水軍曹に豪語が出たが、午後五時に、敵の十五サンチ榴弾砲三門が、放列陣地に六分間集中射撃をしてきた。中上少尉を負傷させたのは痛手だった。砲車、弾薬車に敵弾が命中したためである。戦闘の様相はますますきびしさを増す。砲兵陣地もまた第一線であるといえる。放列を予備陣地に変換する。

敵の十五サンチ榴弾砲は、三角山北方の遮蔽深き場所にあるらしく、距離は二千メートルくらいあると考えられた。

十五サンチ榴弾砲の集中射撃の来た時、第一分隊長は、放列の位置を最左翼から五メートル後方の掘削した掩壕の中に分隊全員を入れた。清水分隊長は最後尾より入り、入口正面に位置して、拳銃、装具を壕の中の土壁に架けておいた。しかし、敵砲弾は砲及び壕の至近に落ちはじめたので、危険を感じ、部下を約五十メートル離れた第二分隊の位置に待避させた。六分間の集中砲撃の終わったあとで、分隊長が元の壕をみにゆくと、砲弾は土壁に命中していた。つまり、その壕にいたら間違いなく五体は四散している。待避が一分遅れていたら、分隊長のみならず、分隊全員も全滅したはずである。

「神仏のご加護よのう。生き残って国へもどれたら、毎日詣《もう》でぞ」

と、清水分隊長はいい、第二分隊の山田分隊長もしきりに同感したが、戦闘はこれからまだまだつづく、という、きびしい予感が、ふたりの胸中にはあったからである。

事実、敵の攻撃は、この日以後、いちだんと迫力を増してきた。

〔十二月二十一日の戦闘〕

野砲隊の陣地は、第一線同様敵の砲撃を受けるが、また、地の利がよいので、第一線の戦闘状況を、よく見ることができる。この日も敵は崑崙《こんろん》関各所を占領し、日本軍を袋の鼠にする作戦をかためつつある。

第二中隊観測所は、この日、十五サンチ榴弾砲三門、山砲三門、迫撃砲三門計九門を以てする約十分間の集中攻撃を受けている。寺井軍曹が戦死した。

正午ごろ、分隊は、砲の分解修理をした。戦闘は苛烈を極めてゆくであろう。中隊長は、

「いよいよ最後の決意を固めねばならぬ。最後の一発まで、善戦敢闘の砲兵魂を遺憾なく発揮しようではないか」

と、決意を全隊員に告げている。

中隊の残弾二百発、しかも弾薬の補充の見込みはない。折しも、

「三角山の歩兵陣地は奪取された」

という報知が来た。三角山歩兵陣地を死守していたのは歩兵二コ分隊だが、支え切れなかったのであろう。このため、敵は占領した三角山に観測所を推進し、眼下に日本軍の各陣地を俯瞰し、ますます正確な射撃を浴びせてくる。攻撃は夜になってもやまず、九塘と崑崙関を結ぶ第一分哨の高地は、守備兵の敢闘にもかかわらず敵手に陥ちた。

奪取された高地は、奪還しなければならない。歩砲相協力して戦うしかない。野砲第二中

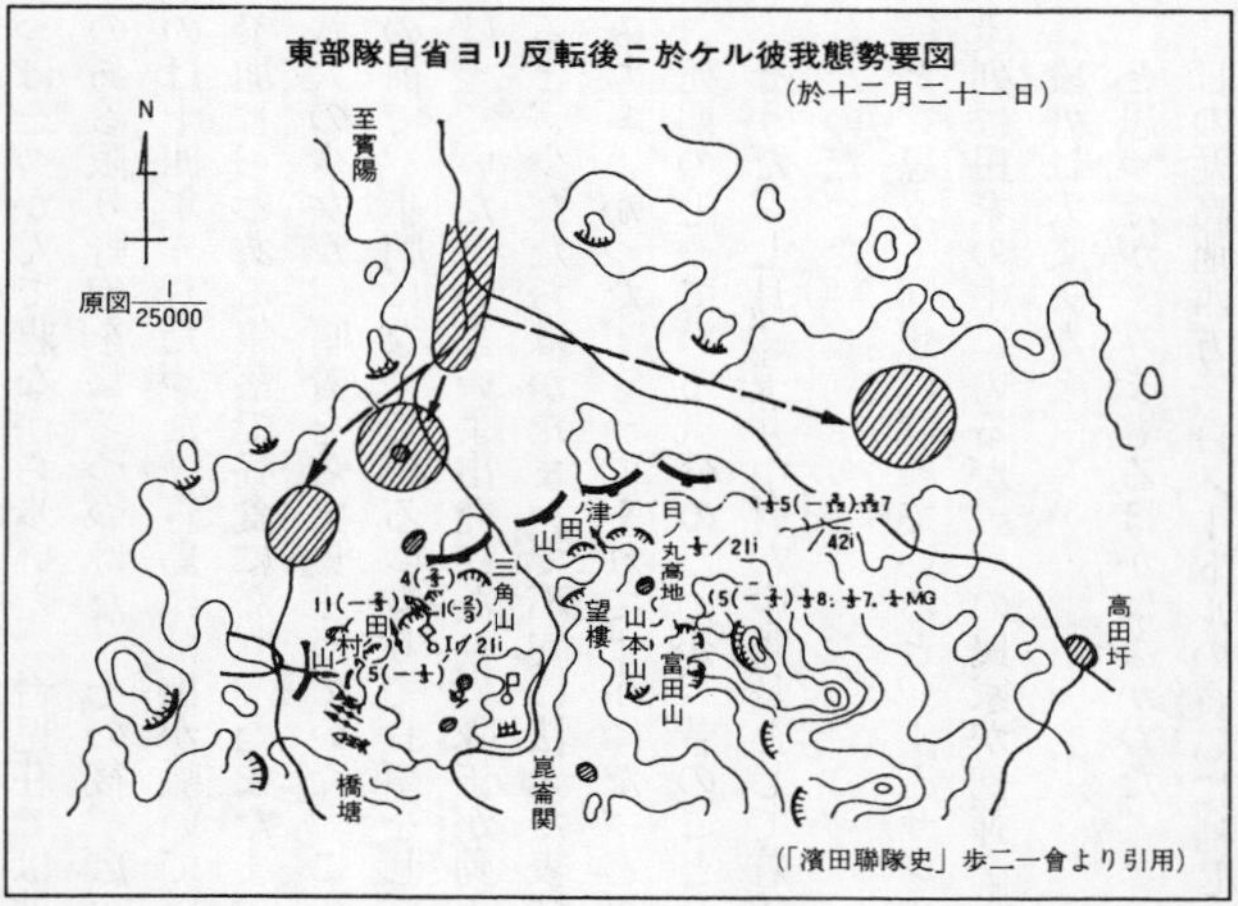

東部隊白省ヨリ反転後ニ於ケル彼我態勢要図
（於十二月二十一日）

（「濱田聯隊史」歩二一會より引用）

隊の山田分隊は、砲手をもって、段列、三角山に通ずる山道の確保に当たる。敵の砲撃のやんでいる間、露に濡れている岩の上で、山田軍曹らは、束の間、来し方を回想する。

「どうやら、先が見えてきたなァ」

「残弾二百発ですか。太原戦では午前中で撃ちつくした数ですね」

と、古参の分隊員はいう。

山田軍曹は、忻口鎮《きんこうちん》で、一坪の部屋に三人で寝ていたら、敵の砲弾の直撃を受けた。二人は即死し、自分ひとりはなぜか生きのびた。死に場所をさがす気になって、それ以来は、敵の砲弾を恐れなくなった。太原戦のあとは徐州戦。山東省膠済線（青島—済南）の警備から一転して徐州へ。第十師団の砲兵隊が包囲されているのを救援するためである。砲車を曳いての時速六キロの行軍、砲手は馬の尻っぽをつかんで寝ながら歩いた。台児荘では彼我交代して陣地を取り合う争闘がつづき、命のある限り野砲を撃ちつづけた。その後、広東バイヤス湾上陸を終え、根拠地青島へ帰ったのは十四年一月だった。青島には梅が咲いていた。済南の東北方武定に移動し、討伐作戦に参加し、とある集落で昼食になり、たまたま一戸の民家をのぞいたら、旧正月だったので七、八人の少女が、晴着を着て集まっていた。この子らを守ってやらねばならぬ、と思い、民家の前で、歩哨になっているつもりで食事をし、そのあと、出発準備の命令の出るまで、がんばっていた。いよいよ出発になり、隊伍が動き出し、もう大丈夫と思って民家をのぞいてみると、少女たちはかたまって不安に怯《おび》えた表情を寄せていた。少女たちを慰めて出発、みちみち「よかった、守ってやれてよかった」と思い、すがすがしい気分になった。

死期の迫っている気分のためか、昔のことを思い出すのだ。

「そうだ、七月に玉井中尉が中隊長として着任、同時に、ノモンハンで苦戦の情報が達しられたのだった」

と、思う。回想に耽《ふけ》っていると、十五サンチ榴弾砲の集中射撃がはじまった。第二中隊の段列は民家の中にいるが、その民家が砲弾を浴び、濛々たる砂煙で、何もみえない。

「段列は大丈夫か？」

と思ったが、みまもるほかはなかった。

日の丸高地西方二百メートルの賓陽《ひんよう》に通じる援蔣ルート街道の隘路（西側が小高い山で幅

四メートルくらいの山を削ってつくった道路）の上へ、敵の戦車が進出してくるのがみえた。うしろに歩兵がついている。中隊はこの戦車を、直ちに砲撃擱坐させている。

2

砲兵陣地もきびしいが、歩兵陣地の事情はさらにきびしい。歩兵第二十一聯隊の陣中日誌の記事を左に拾ってみる。

1、敵部隊は、日本軍の両翼及び聯隊本部の位置に、じわじわと近接してきている。

2、聯隊は陣地前の至近距離において火力により、また間隙より侵入してくる敵に対しては逆襲を敢行してこれを撃退し、既設陣地を完全に保持し、第二次輸送部隊の来着を待って攻撃すべく準備を進めていた。

3、ここにおいて聯隊は、機動的防禦よりも、既設陣地の確保に重点をおいている。

4、午前七時三十分、第一中隊の一小隊、第一機関銃隊の一小隊が予備隊となり、九塘付近の警戒を担任することになった。

5、敵は九塘東北方（本道東側）稜線を逐次聯隊本部の位置へ肉迫してきた。この日以後、聯隊本部は書記（下士官）、伝令、行李の兵に至るまで全員が、戦死傷者の兵器を携行して九塘四周の要点の配備につき、厳重な警戒に当たった。午後九時三十分、三木聯隊の聯隊長

は中村旅団長宛に、

――部隊は本日午後以来九塘付近に於て敵の包囲を受けつつあるも、予備隊たる一小隊を保って九塘を固守しあり。各種弾薬欠乏し銃剣により敵を撃滅せんとす。

と述べて、覚悟のほどを示している。

6、午後になって、敵は九塘北方の高地稜線より逐次兵力を九塘付近に増加し、激しく攻撃を加えてきた。兵力は無尽蔵の感がある。敵は九塘東北方約五百メートルの高地頂上に進出し、九塘をまったく牽制すると共に本道西側高地にも配兵し、またその斥候群は九塘部落周辺に出没し、わが第一線と聯隊本部との連絡口は、完全に遮断されてしまった。

7、聯隊は予備隊たる佐々木小隊をして、機関銃の協力のもとに、日没前九塘東北方五百メートルの高地の奪回を命じた。佐々木小隊は勇躍前進を開始し、機関銃もまた有効な射撃によって適切に協力はしたが、途中に谷地があり、斜面は急峻、高地上より敵の激烈な瞰制射撃を受け、一進一退、地形を利用して攻撃前進したが、遂に高地奪回は成らず、日没になっている。

8、この日日中、わが軍の飛行機が飛び去るや否や、敵は猛烈にわが第一線に砲火を集中し、敵と共に本道方面に戦車を併用し、重点を三角山に指向して全面的に攻撃してきた。わが第一線守備隊はその時、すでに弾薬を撃ちつくしていた。しかし、士気は頗《すこぶ》る旺盛で、銃剣と竹槍をもって出撃し、敵を撃退しつづけている。

9、速射砲中隊（田辺大尉）は第一線に近く陣地を推進し、波状攻撃してくる敵戦車に対して有効な射撃を行ない、その数台を擱坐させた。このため敵は多数の遺棄死体を残して後退している。

10、また、午後三時ごろ、友軍機三機が八塘上空に飛来して弾薬を投下しているが、八塘警備隊は小学校を確保しているだけで、他はすべて敵の重囲下にある。せっかくの弾薬を拾得できない。切歯扼腕しつつ、夜間を待って決死隊を編成して拾得を図っている。どこもかも、隙間もなく敵兵が充満している。

11、中村支隊（歩兵第二十一旅団中村少将）は、二十日以来、五塘—六塘にいた有力な敵を攻撃し、二十一日夜半六塘西方高地を出発、敵陣地内を強行突破して、七塘に向かい急進中であるという。

——崑崙関陣地での攻防戦はむろん激烈だが、九塘に至る途上の戦闘もまた、山岳地に劣らず苛烈を極めている。この日の「第五師団戦時日報」の戦闘詳報には次の如くある。

——十二月二十一日、中村支隊ハ本朝来平天付近本道西側ヲ占領シアル　山砲迫撃砲七門ヲ有スル約千ノ敵ヲ攻撃中、敵ハ二十二師、五十七師、九十二師ニ属シ、頑強ニシテ容易ニ撃退スルヲ得ズ　中村支隊長ハ九塘方面ノ状況ニ鑑ミ夜ニ入リテヨリ断乎強行突破ヲナシ七塘方面ニ進出ス　団三木部隊ハ敵ノ屢次《るじ》ノ攻撃ヲ撃退シ依然対峙中ニシテ本日迄ニ於ケル敵戦車擱坐七七塘八塘ノ警備隊モ亦依然優勢ナル敵ト対戦中ナリ　九塘方面ノ敵ハ第六十師　栄誉第一師　第八十八師　国民革命軍第十九師　二百師ナリ八塘付近ノ敵数百ハ午後以来九塘ヲ攻撃シ来ル　敵飛行機十八十七時二十分六塘付近ニ現出シ三回ニ亘リ対地射撃ヲ為シ別ニ敵機六ハ十九時九塘上空ニ飛来シ爆弾投下ノ後飛去ス

山田軍曹らが段列、三角山に通じる山道の確保に出ていた時、十五榴が段列のいる民家に落ち、濛々たる砂塵をあげるのをみて、

〔馬は？　兵隊は？　全滅か？〕

と、不安に駆られたが、段列もまた苦戦にさらされていた事情を、段列所属の藤下上等兵の手記をかりて、記しておきたい。

——昭和十四年十二月十五日薄暮崑崙関に到着。夕暮迫るころ放列構築のため三十度以上ある斜面を、人馬共に一生懸命丘陵の中腹まで押し上げたことを思い出します。

息つく間もなく砲車全車、予備品車各車輌を放列と段列の道路の中間まで暗闇の中を搬送し、段列の宿舎へ着き、夕食の準備に追われる。この間、段列の後方の丘陵に歩哨が立つ。歩哨長神野上等兵以下四名。午後八時ごろ夕食を運ぶ。向こうの谷間には数知れない灯火が右に左に行き交うのがみえ、話し声がさかんにきこえる、敵か土民かは不明である。

チェッコ機銃にて掃射さる。敵の集合場所であったのでしょう、真夜中に攻撃に来るその弾丸の数は雨霰、頭を上げていることもできないとの、三名の歩哨の言葉でした。段列の兵員と銃では到底防ぐことは不可能です。すぐに丘陵に駈けあがり、暗闇に向かって射撃するが、何分《なにぶん》歩兵のように小銃訓練を受けていない砲兵には不利、姿勢が高く地形地物利用がだめであると感じました。

宿舎に下りて近藤曹長の食事の支度にとりかかる。午前八時半ごろ裏の丘陵より悲報相つぎ、平田、小川戦死と知らされる。午後二時ごろ竹上負傷して、戦友に連れられて壕の中へ帰る。右前額部損傷、拳大の穴があき、三村衛生兵が必死で治療するが出血多量で、ねむいねむいとさかんに訴える。寝たらいかんと励ます。水をくれといってきかない。ガーゼの交換に追われる。この直後、門田が胸部貫通銃創で壕に帰る。痛い痛いの連発で、背後より上衣を裂いて氷チン（フィルム接着剤）を前後の穴に塗る。壕の中は痛い痛いと呻き声で、正に地獄の様相でした。

吉村衛生兵と二人で一生懸命治療に当たる。傷ついた戦友の気持をやわらげるため昂奮し、どうしてよいか解らず、衛生兵の指示に従うのみでした。

時間不明、久保田古兵担架にて壕に入る。背面下半身迫撃砲弾か手榴弾片創、手のほどこしようなく痛い痛いと水をほしがる壕の中、血なまぐさい雰囲気がみなぎる。

またしても猪原伍長負傷、負傷個所不明、千玉伍長猪原伍長を見舞いに入ってくる。俺が仇を討ってやると壕を出る。一時間ほどして千玉伍長の戦死をきかされる。右胸部貫通とのことでした。

兵器劣勢を思い知らされる。僅か十梃余の騎兵銃で、百余の敵に対して向かう故、敵の自動小銃で撃ってくる弾丸はくらべものにならず、よく持ちこたえたと思います。

今夜も日暮れともなれば、まるで田舎の祭のようにドンドンパチパチ、今晩が最後かと腹をきめる。翌午前二時ごろ、段列の最高峯の富田山、敵の手中に陥ちたことを知らされる。翌午後三時ごろから敵の十五榴弾砲、重迫撃砲の集中砲火を浴び、宿舎は跡形もなく破壊され、残ったのは段列事務所の一部だけ。壕は被弾をのがれ、事務所から九塘土民ひとり荷物運搬に連れて来ていたのが負傷、腹部をやられ蚊の泣くような声で「大人《たいじん》、死了死了的《スラスラデ》」という。戦友の治療が忙しく、そのままで、死んだかどうかは不明。壕の中は一杯で収容することが出来ず、可哀想なことと思っています。

集中砲火により升田一等兵戦死、また馬名わかりませんが、軍馬、鼻白の馬でした、左の後脚を砲弾でえぐられ、立ったままで寝ることもできず死を待つばかり、馬糧一罐と水一斗罐一杯を与え別れる。断腸の思いである。富田山三角山を結ぶ稜線の低い部分より敵兵侵入し来たり、軍馬引具共に稜線を越えて連れ去る。何頭か不明、戦友より聞かされる。悲しい極みである。

負傷全員、沼（九塘から賓陽街道を北へ一キロ右側）の所にある野戦病院に運ぶ。野戦病院といっても畑の中に寝かすだけ。その夜段列の宿舎を引き揚げ、放列と段列の中間にある丘陵に全員集合、敵の最後の攻撃を待つ。反撃の兵器は短剣一本、戦地に来てからの色色なことを話しながら最後の敵の攻撃を待つ。まさに敗残兵そのものである。

全員、数はさだかではないが、十名前後かと思います。誰が出したかわかりませんが、中国煙草（きざみ）を竹のパイプにつめて廻しのみする。月のきれいな夜でした。二、三時間すれば、総攻撃がはじまるでしょう。午前二時ごろ伝令来る。放列と三角山の間道に転進との事。二週間の戦闘であった。段列を後に黙々と丘陵を降りて間道へ向かう。風呂敷の中には、戦死した戦友の手首四個持ち帰る。四名の名前は平田、小川、千玉、升田。吉村衛生兵の確認を取る。間道からの後は記憶にありません。

――ここで、日本軍を予想外に苦しめつつある広西軍の特質について触れておくと、抗日意識が熾烈で、中国軍としては訓練精到、しかも、今までに例のないほど強力な攻撃力を有していることである。部隊の各級指揮官は、攻撃に当たっては自ら陣頭に立って指揮し、退却に当たっては全兵力を整理しつつ最後尾を後退していた。

また、我が軍の急襲にあって進退窮するに至ると、手榴弾によって自爆自殺をする者があるなど、その精神的要素は相当強力なものであった。

敵兵は各火砲兵力の優勢をたのんで、執拗な近接攻撃を絶えず反覆し、また極めて狙撃に巧みであった。

装備も優秀で飛行機、中戦車、軽戦車、重砲、野山砲、重軽迫撃砲を有し、自動火器を著しく多数に装備していた。また、これらの運用も戦理に合っていて、攻撃に当たっては、重砲以下戦車に至るまで、あらゆる火力を要点に集中して陣地を破壊し、ついで歩兵を推進させ、包囲的に我が翼または突角に殺到してくるなどの戦法をとっていた。

兵にいたるまで日本語を解し、また片言の日本語を使用する者多く、しばしば我が軍を欺瞞しようとした。彼我の対峙が長時間に及んでは、ますます、この傾向が強まった。一般に中国人は語学の習得力に秀れている。

5　速射砲隊の敢闘

1

第五師団の三木聯隊（歩兵第二十一聯隊）及び松本大隊（歩兵第四十二聯隊第二大隊）の将兵が、いかに勇戦敢闘しつづけているかは、ここまでの記述でいい尽きている。しかし、戦いはなお、深刻の度を増すばかりである。なにしろ重慶軍の兵数は、わが軍の十倍であり、しかも火器が充実している。日本軍には、一台の戦車もない。ただ、砲兵隊だけは、なお、頑として、戦車を迎え撃っている。

ここで、対戦車戦の勇戦の模様の一例を紹介しておきたい。

速射砲中隊第三小隊（小隊長村田少尉）は、聯隊直轄から崑崙《こんろん》関守備隊松本大隊の配属となり、第一線の守備についていた。

村田小隊は、三角山左の稜線上の重機関銃陣地とともに布陣した。村田少尉は、布陣とともにまず陣地構築作業を開始し、稜線の一番高い平地に曝露陣地（擬装陣地）をつくって、砲を据えた。歩兵の直接掩護小隊もなく、その上、小隊には小銃が二梃しかないので、自衛のため早速《さっそく》竹槍をつくらせた。橋は落とされているが、いずれ敵戦車が来攻するであろうと考え、その場合、進行してくる道路までは千五百メートル以上ある。命中させるには距離がありすぎる、と思い、戦車が来攻してきた場合、機を失せず予定陣地の道路に進出できる対策にとりかかった。

六尺の胴切り鋸をさがし出し、一抱《ひとかか》え以上もある松を数十本根元から切り倒し、辛うじて車軸の中程の道を切り開いた。奇しくも鋸がみつかったこと、またこの鋸がよく切れたおかげで仕事が捗《はかど》った。

こうした準備中のある夜、敵の夜襲を受け、砲が危ない——と、全員竹槍や両頭槌や十字鍬を持って駈けつけた。途中、不幸にも一名腹部貫通で死者を出してしまったのが、残念だった。暗夜に鉄砲だったが、地の利を知っている敵の弾丸は、一応見当をつけて撃ってくるので、時には当たるのであろう。

砲の近くまでたどり着いた時には、銃声もやんでいた。砲の付近には人影もいるようには感じられない。砲の無事を念じつつ、万一、敵が掩蓋内に侵入潜伏しているかもしれないので、拳銃片手に抜刀して、暗い掩蓋内に飛び込んだ。幸い敵兵はいなかった。

夜が明け、状況を点検してみたら、擬装陣地に多数の薬莢が散乱していた。察するに、敵は、既に砲は早々に後方に退げられたものとあきらめて、引き揚げたものと思われた。擬装陣地のおかげで助かったのである。愁眉《しゅうび》をひらく。

道を開通し終わって間もなく、敵は戦車をくり出して来襲して来たので、数発狙い撃ちしたが、距離があって、命中しない。そこで、

「砲を前進させるぞ」

と、命令し、繋駕《けいが》で、戦車の前進して来る道路に急ぎ進出する。三角山の右側の稜線は、道路はくの字型に掘割となって通じている。突進して来る戦車を、掘割の出口で食い止めるのには、瞬刻を争う対応が必要である。掘割上の稜線に砲を上げる余裕はない。とっさの判断で、戦車との真正面は避け、出口から百五十メートルほどある橋の、三十メートル付近の小川の岸に陣地を敷く。

この時、車輪のスポークの役目をする鉄板にひどい亀裂の生じているのに気づく。窮余の一策で、駐鋤を固定後、車軸に両頭槌の柄で突っかい棒をして、砲を水平に保って、一応、射撃準備を終えた。

敵戦車が姿を現わした。戦車は、道路上めがけて橋付近に三発撃ち込んできた。当たらない。四発目は速射砲直前の小川に飛来したが、徹甲弾のため不発で、砲側にいた砲手たちは砂塵をかぶっただけである。命拾いだ。

砲手の河本上等兵に声をかける。

「河本、狙って撃て」

河本は、もっとも秀れた砲手である。河本は、いささかも動揺なく、二発連続発射、戦車は擱坐する（あとで調べると、この戦車への命中弾は、二発重なって命中していた。名人芸だ、と感心した）。

「前へ出るぞ」

と叫んで、前方の道路を見渡せる掘割近くの高地稜線に陣地進入する。ここで迎え撃ってやるぞ、と、意気込む。交通壕を掘って敵状を視察していると、チェッコの狙撃を受けたが、幸い堆土があって、この土をはじいているだけである。砂塵をかぶっただけだ。

そのうち、敵は、戦機熟すとみたか、つぎつぎと戦車をくり出してきた。掘割出口に一台擱坐させたので、そこから先へは進めない。それで、進んでくる戦車群をつとめて手前におびき寄せ、しかも退路遮断をしたいために、まず最後尾の一台を狙って射とめる。

敵戦車は九台いた。最後尾が擱坐しているので、前部八台は行き場を失う。それを一台ずつ狙い撃ちに撃って擱坐させてゆく。逃げ場を失った戦車を、つぎつぎに倒す快感はこたえられない。ザマを見よ、と叫びつつの一方的な応戦である。こちらに歩兵が多ければ、擱坐させた戦車は、全部鹵獲できたのである。しかし、そこまでのゆとりはない。擱坐した戦車は、その夜のうちに、敵が持ち去って行った。無念である。ひと晩修理して、牽引して行ったのだ。

この橋梁上の陣地は、速射砲陣地としては最適であったが、十五榴四門の狙い撃ちの目標となっていたので、戦車を撃ちとったら、機を失せず、砲を後方斜面に避退させなければ、こちらがやられてしまう、忙しい戦況である。

敵戦車の進攻は、前日の痛手の故か、この日は静かである。速射砲の陣地は、掘割出口に擱坐している戦車の横の道路上に移す。この時、くの字型に曲がっている掘割の、曲がり角の一点に照準をきめる。この曲がり角に戦車が姿を現わした刹那《せつな》に、射とめることにする。急速に交通壕を掘り、小隊長は交通壕の最先頭に位置して、戦車攻撃の指示を与えることにする。戦車の大小、照準の高さを設定連絡する。ともかく食うか食われるかの一瞬の勝負である。戦車は大小二種がまじって来る。

砲手たちは、掘割に横穴を掘り、その中にもぐり込み、十五榴に対しては恰好の防衛陣地の中で、戦車の来攻を待つ。戦車が進攻してくると、砲手以外は擱坐戦車の横にへばりつき、万一弾丸が命中しないで戦車が砲に突入してきたら、開いている内蓋の穴をめがけて手榴弾を投入する構えをし、虎視《こし》眈々《たんたん》として待ち構えさした。

ある時は、速射砲が二発目の時、運悪く装塡不良となり、装甲車が砲の直前一メートル近くにまで肉薄してきたが、通りぬけはできないとみたのか、急ぎ反転した。機を失せず、砲の前に飛び出し、栓竿で砲口から弾丸を突き出し、二発目を発射した。敵戦車は、至近弾に動転し、運転をあやまり、出口の道路斜面の低い土手にぶちあたり、行動不能となり、敵兵は飛び出して逃げ出した。これを抜刀して追いかける。しかし、布靴穿《は》いた軽装の敵には追いつけない。深追いを断念する。

この鹵獲《ろかく》装甲車は、エンジンに心得のある漁船の船長だった兵隊が動かしてみ、うまくエンジンがかかり、有効な鹵獲品として、後方部隊との連絡に一役買うことになった。この間、十五榴弾はあいかわらず落ちつづけたが、速射砲隊はいささかも動ずることなく、任務についている。

速射砲でなく、連隊砲が、戦車を一台擱坐させるのを、陣地からみた。また、支援に来てくれた歩兵第二十一聯隊の速射砲も、敵戦車を擱坐させている。ただ、戦車との撃ち合いなので、連隊砲の小隊長は戦死、二十一聯隊の速射砲も、かなりの被害を受けている。

わが速射砲小隊には、後方に転進せよの命があり、やむなく後退した。戦況のいちじるしい不振のためである。日の丸高地苦戦の模様は後方へ退って耳にした。全滅の様子も知り、ひそかに涙した。三角山は、八合目で、彼我の白兵戦がつづいたが、いかにせん多勢に無勢、ここも全滅している。なんという悲惨なことか。

わが速射砲小隊は籾《もみ》を徴発し、これを戦闘帽を臼代わりとして円匙《えんぴ》の柄でコツコツと搗《つ》き、細々と粥《かゆ》をこしらえて分け合ったが、湯に米が泳いでいるような粥である。飛行機が来るので、友軍機かと思って手を振ると、それは敵機で爆弾を落とされる。むろん友軍機も来たが、敵と膺接しているので、投下された食糧も手に入らなかった。

十二月下旬のいつであったか、

――速射砲小隊長は、歩兵と重機を合わせ指揮して後方守備陣地に就け

という大隊命令が来た。歩兵といっても、どこも壊滅しかけている。重機にしても、小隊長と兵二、三を数えるのみであった。速射砲小隊は、ともかく砲手たちも健在で、砲を分解搬送して、後退した。この途中、車輪一個を池に落としてしまったが、どうしようもない。いたるところ敵だらけで、チャルメラを吹きながら撃ってくる。速射砲がいかに善戦しようとしても、すでに残弾が尽きているのである。

ただ、速射砲小隊としては、後退命令のくるまでは、敵戦車を一台として、陣地内に寄せつけなかった。戦闘詳報には「擱坐十一台、装甲車二台鹵獲」と記した。我方の人的被害は実に一名だけである。

――「速射砲は戦車と相撲を取って勝ったな」

と、後方の部隊でいわれたが、嬉しい褒《ほ》め言葉である。しかし、友軍の死傷続出の模様を知るだけに、胸は痛みつづける。

（これはのちのことになるが、松本大隊には二十数名の将校がいたが、負傷もせず生き残ったのは、松本大隊長と軍医と村田速射砲小隊長の三人だけである）

――右は、村田少尉の手記と、直接の談話とをまとめたものであるが、よくぞこれほども、といいたい健闘ぶりではある。

2

村田少尉の記録にも出てくる、歩兵部隊の敢闘苦戦ぶりについては、つぎの『濱田聯隊史』の記述を引用しておきたい。

〔十二月二十二日の戦闘〕

1、二十二日午前零時三十分、三角山北側斜面に在った第四中隊第一小隊（長・瀬尾少尉）は、死力を尽くして反覆奪回に努めたが、瀬尾小隊長以下悉《ことごと》く死傷し奪回は失敗した。松本大隊長は更に部下二小隊を派遣し、第四中隊（長・新田中尉）は下士官以下十名を出して、午前四時五十分より奪回攻撃に努力したが、斜面は急峻かつ山頂及び側背よりする敵の射撃は激烈で攻撃は成功せず、遂に同高地は敵手に任せることを余儀なくされた。

2、同日午前、八塘―九塘間の電線も敵に切断せられ、八塘付近の戦況も不明となった。

3、午後一時三十分、聯隊は今村兵団長より左記電報を受領し、士気大いにあがった。

――頑敵ニ対シ連日ニ亘ル赫々タル奮戦誠ニ感激ニ堪エス遙ニ貴下将兵ノ武運長久ヲ祈ル

兵団ハ速ニ塩田兵団及ビ及川支隊ヲ集結シ貴隊前面ノ敵ノ背後ニ出テ徹底的ニ敵ヲ包囲撃滅スルノ処置ニ着手セリ

4、二十二日夜、敵は九塘東北方約一キロの地点の奪回攻撃の時、第一中隊佐々木小隊前方高地に於いて終夜にわたり敵同士手榴弾戦を交え、同士討ちを演じていた。それほど第一線は彼我両軍が接近し、陣地が錯綜していたのである。

5、敵は我が第一線の補給路である本道西側の配備をますます厳重にすると共に、二十二日夜遂に九塘前面の橋梁を破壊した。それ迄我が軍は鹵獲した軽装甲車で第一線に弾薬を補充していたが、この時以来補給路はまったく杜絶し、これを回復する処置も尽き、第一線と九塘は共にそれぞれに孤立し、僅かに無電で連絡するだけとなった。

そこで連隊長は、午前十時、兵団参謀長に対して、

――九塘前線ノ橋梁破壊セラル弾薬ハ第一線ニ直接投下セラレタシ

と、打電した。

〔十二月二十三日の戦闘〕

1、敵は二十三日朝来、前線の兵力を交代したようで、新鋭の兵力をもってその行動はいよいよ積極的となり、我が第一線には戦車を併用する一千数百の敵が攻撃してきた。また敵の重砲並びに各種火砲は、わが陣地に対し猛烈に射撃し、その弾着は正確であった。第一線並びに九塘は包囲せられ、三回乃至《ないし》四回にわたって敵の反覆猛攻を受けたが、将兵一同既《すで》に覚悟するところあり陣地を死守した。

2、三木聯隊長は、竹内聯隊旗手に命じて、聯隊最後の時を覚悟して軍旗を奉焼する場合の準備をさせた。

3、我が第一線は各種の弾薬がまったく欠乏し、しかも敵の反覆執拗な攻撃を受けて状況すこぶる急を要するものがあった。糧秣もまたほとんど尽き、畑に残っていた薩摩芋、タピオカの類もすでに食いつくし、わずかに田の隅々に残されている落穂を拾い集めて、山陰で鉄帽で籾殻を摺《す》り落とし、生米を噛んで、飢えをしのぐ有様であった。

4、糧食の欠乏に加え、弾薬の欠乏は更に甚《はなは》だしく、いまや戦闘を継続できるかどうかの瀬戸際にさしかかっていた。

午後二時三十分、兵団参謀長宛に、

——糧秣投下ヲ中止シ大至急小銃弾ノ補充ヲ第一線陣地ニ対シ頼ム

と、打電。

5、午後三時頃、敵は嶺長(九塘東方約一・五キロ)付近に兵力を増加し、既に進入していた迫撃砲は九塘の我が聯隊本部付近を集中砲撃、その二弾は軍旗付近に炸裂した。

6、第一線に於いても敵の砲撃は依然としてやまず、なかでも陣地最左翼の田村山は敵の重囲に陥り、状況は急迫していた。当面担当の東大隊長は、田村山東側稜線を占領していた第一中隊(迫田大尉以下二十三名)を田村山高地に増援し、かつ本夕刻までに後続部隊の来着なき場合は、第一線の確保困難である旨を、聯隊本部に報告してきた。

当時三角山は既に敵手にあり、また第一線に増援すべき聯隊予備隊は皆無となっていたので、もし田村山が敵に占領されるようなことがあれば、地形上本道以西のわが陣地の存在は至難であるので、午後一時三十分、兵団参謀長並びに中村支隊長あてに、

――夕刻迄ニ旅団来着セザル時ハ第一線ノ確保困難ナリ

と、打電した。折返し午後四時五十五分、左記返電があった。

中電第二二〇号　中作命甲第七七号

一、支隊ハ本二十三日夜七塘北方地区出発本道西方高地ヲ強行突破シ九塘付近ニ向イ前進セントス

二、歩兵第二十一聯隊ハ九塘ヲ確保支隊ノ来着ヲ待ツベシコノ為第一線ノ戦闘ヲ撤スルコトヲ得

三、状況ヤムヲ得ザレバ八塘付近ヲ確保スベシ

右にもとづき聯隊は、やむを得ない場合は、本道以東松本大隊の陣地と、崑崙関北側地区とを死守し、後続部隊の来着を待って攻勢に転ずることに決した。

7、第一線は二十二日夜来、敵の包囲攻撃を受け、三十―五十メートルを隔てて対戦中である。本夕刻までは第一線を確保し得る見込みである。

8、現在の状況に於いては、八塘の存在も疑わしく、八塘警備隊を九塘に集結すべく今村兵団長あてに打電した。

9、十二月十八日より二十三日までに判明した我が損害は、
戦死　将校十名　下士官兵八十七名
戦傷　将校九名　下士官兵二百五十一名

——右の記録をみれば、もはやぎりぎりのところまで、日本軍の追いつめられている状況はよみとれる。追いつめられている戦況のきびしさは、野砲隊においても、むろんかわらない。

「歩兵もようがんばっとるし、われら砲兵もよう協力はした。しかし、最後の時が迫って来とるな。砲を枕に運命をともにするか」

山田軍曹と清水軍曹は、陣地で、前線の模様をみながら、話し合う。敵の攻勢が強まってからは、白兵戦が多くなり、日の丸高地左下の路上には軽戦車の出没も見られる。砲兵陣地にも、敵の砲弾が正確な弾着をみせるようになった。段列の砲弾も全部放列に運んだ。後方からの補給はない。いよいよの時は最後の弾で、段列を破壊して、砲車も破壊しなければならない。

段列の背後の田村山は、すでに敵手に陥ちているので、段列が第一線になり、次々に負傷者や戦死者が、放列下の道路に運ばれて来る。遂に敵戦車は、池の向こうの隘路に、射撃しながら進んで来る。

「──第二分隊、敵戦車を撃滅せよ」

と、命令が来る。山田軍曹は、二番砲手松本上等兵に、

「近寄せてから仕止めよ」

と、命じ、いよいよ近づいてから、

「撃て」

と、命じる。弾丸は跳弾となって戦車の真正面に当たる。敵兵は、砲弾の衝撃にびっくりして戦車を飛び出して逃げる。逃げる三名の敵兵は友軍の歩兵が射殺する。

日暮れ方、歩兵の一人が、よろめくようにやって来て、

「砲兵さん、池に死んでる馬の肉を切りとらせてくれませんか。自分らもう三日何も食っておらんのです」

と、懇願する。

「あの馬はわれわれの愛馬ぞ。ことわる」

と、山田軍曹はいったが、その場にへたり込んでしまう歩兵をみると、どうせだれももう長いいのちではない、と思い返し、

「拝んでから、切りとってくれ。われわれも、拝んでから食べさせてもらう。もう最後だ。馬と一緒に死んでゆくだけだからな」

と、いい、歩兵に、死馬の肉を切りとらせてやる。

歩兵は、かわいそうなくらい頭を下げ、礼をいって、死馬の肉を持って帰った。

玉井中隊長が、砲車の位置へ廻って来て、

「山田軍曹、中隊には残弾、十数発しかない。師団長閣下から、激励と感謝の電文をいただいたと、大隊長からの達しが来た。しかし、十数発の砲弾は、もう、自爆用にしか役に立たんだろう。いつ、そうなるか。さして長い日数ではあるまい。小銃弾さえ補給がないのだから、野砲弾の補給のあるはずもない。いよいよの時は、覚悟せねばならんな」

「覚悟は、出動の時から出来ちょります」

山田軍曹はそういってから、中隊長の表情がひどく沈痛なので、

「隊長殿、馬も死に、自分らもそのあとを追います。いかがですか。死んだ愛馬の肉をもらって、われわれも最後の体力気力を養いませんか。死馬の肉を、さきほど、疲れ果てている歩兵に分けたのです。自分らも、愛馬を食って、愛馬と一体になって、戦いませんか」

「山田軍曹よ、いいことをいうてくれる。最後の晩餐かもしれんなア」

中隊長がそういい、そこで山田軍曹は、愛馬の肉を、最後の晩餐に供する覚悟をした。

6　深まる包囲網

1

泣き泣き、愛馬の肉を食べながら、中隊長を囲んでの最後の晩餐の時、だれもの胸に去来する思いがある。

出征以来二年有余、兵隊とともに、野砲もまた、働きに働き、光輝ある歴史を刻んできた。しかし、最後の、砲を枕に自爆する時は迫って来つつある。

敵弾の命中で、第一分隊の砲は、砲架も裂けている。第二分隊の砲は標尺を撃たれて使用は不能である。しかし、弾薬さえあれば使用はできる。

「隊長殿、われわれが愛馬の肉を食うよう、傷ついて死期を待つ野砲にも、たっぷりと、油でもくれてやりたいものですねえ」

と、山田軍曹はいい、第一分隊長の清水軍曹も、

「砲兵陣地も、もはや第一線陣地となりつつありますが、せめて、小銃の補給でもほしいですね。ほんものの歩兵になって戦いたいものです」という。

分隊は、砲手、馭者八名をもって、放列陣地を死守すべく、散兵壕を構築しつつある。戦死者、戦傷者の数もおびただしい。軍馬の死傷もふえる一方である。ただ、ありがたいのは、海軍機が、地上部隊に協力してくれていることである。

十二月二十四日以降、敵の重砲弾攻撃は、いよいよさかんとなった。実によく撃ってくる。たしかに弾薬無尽蔵だ。当然、友軍の陣地は狭まり、戦死傷は加速的に増加する。食糧はむろん、タバコもなく、松葉をいぶして腹の足しにする。

松葉いぶしのタバコを喫《の》みながら、

「太原駅には、砂糖と煙草の山があったなァ」

と、だれもがいう。

昭和十二年十一月初旬、太原城外に第五師団は集結、攻撃に際し、閻錫山《えんしやくざん》将軍に降伏勧告のビラを飛行機で撒《ま》いた。しかし、将軍は頑として応じない。砲兵は、北大門を中心に半円放列を敷き、十一月八日午前九時を期して、立体的十字砲火の雨を降らした。

「入城したら、支那料理がたらふく食えるぞ」

と、だれもが期待したが、さて、入城してみると城内はがらんとしていて、纏足《てんそく》の老婆がよろめき歩いているだけだった。ただ、城外の太原駅には、貨車に積んだままの砂糖と煙草が山程あったのだ。

「あのころは、無敵進軍で気分がよかったな」

と、だれもが思う。いまの、みじめな立場と思いくらべてしまうのである。

砲兵陣地が、最後の時を待つ気分で緊張している時、歩兵各陣地もまた、危機を深めつつあった。その模様を『濱田聯隊史』によってみてみたい。

〔十二月二十四日の戦闘〕

1、二十四日午前一時、兵団参謀長より左記電報を受けた。

――貴隊連日ノ奮闘ヲ感謝ス　貴隊ハ加藤清正公ノ蔚山《ウルサン》ニ於ケル戦闘ヲ回想シ一兵ノ存スル限リ断シテ聯隊軍旗ノ光栄ヲ発揮スヘシ

2、この日の中村支隊長は七塘付近より二十三日終夜敵中を強行突破し、二十四日朝九時頃、水橙西方高地の稜線で、双眼鏡に両手をあてて敵状を視察中、至近距離より敵の狙撃を受け、腹部貫通の重傷を負った。

午前十時五十分、中村支隊柳屋高級副官より、

――支隊長本朝腹部貫通銃創ヲ受ケラル九塘ニ担送スルニ付キ手術ノ準備ヲナシ置カレ度

との電報があった。

いっぽう午後十二時十分、今村兵団長よりは、

――林部隊モ亦貴隊東方背後ニ猛進中切ニ当面ノ敵ヲ逸セサル如ク奮闘ヲ祈ル
と打電してきた。

3、午後一時四十分頃、九塘上空に友軍機二機が飛来し弾薬を投下した。九塘に投下されたものは全部拾得したが、九塘と第一線の補給道である本道には敵がいて、第一線に補給することができず、一同切歯扼腕した。

4、午後二時三十分頃、中村支隊長は旅団次級副官岡崎大尉の指揮する歩兵一小隊半（第二中隊の半小隊）をもって九塘西方高地の敵を攻撃、担架のまま敵中を強行突破しつつ九塘に到着した。午後四時五十分頃より旅団付軍医の執刀で手術を行ない、午後六時三十分に終わったが重態である。

午後三時頃、岑長付近に陣地を占領している敵の迫撃砲は再び九塘の聯隊本部の位置に対して射撃を開始し、折から中村支隊長の手術中である付近に炸裂し、執刀中の軍医が自分の身体を支隊長の上に伏して塵埃を避けるなど、戦場とはいえ惨烈を極めた。

5、二十四日日没となるや敵は我が左翼正面である田村山に対して、榴弾砲、野砲及び迫撃砲の射撃を反覆指向し田村山は砲煙に包まれ、炸裂音は天に轟き、山頂崩壊し山容ために改まるという状況であった。

6、午後八時、一千数百名の敵は猛砲撃の射弾に膚接して逐次田村山を包囲近接し来たり。日暮れと共に田村山の北西及び南側斜面をよじ登りラッパを吹奏し手榴弾を乱投し物凄い喚声と共に肉迫してきた。

第一中隊長迫田大尉、第五中隊長田村中尉は各各二十数名の部下を率いて勇戦奮闘、弾薬まったく消耗し、手榴弾もことごとく投げ尽くした。

あたかもよく、同高地南方の稜線にあった第一機関銃中隊（有田中尉）は機関銃二銃を山頂に陣地変換し、防戦これ努めた。

迫田、田村両中隊長は率先して進入する敵に斬りこみ、部下もこれに続いて壮烈な白兵戦となり、屍山血河鬼神をも哭《な》かしめる勇戦ぶりであった。彼我入り乱れての奮戦乱闘の間、まず第五中隊長田村中尉が壮烈な戦死を遂げた。日露戦後首山堡に於ける橘中佐の奮戦に比すべき最期であった。

次いで第一中隊長迫田大尉も敵の投じた手榴弾のため両眼を失った。この間敵の主力は我が陣地南側の斜面（背面）より進出してきた。我が軍は残存者が力を尽くして戦うけれども、東面の敵を撃てば西面に敵が迫り西面に追えば東面の敵が進出してきて衆寡の差はいかんともしがたく、遂に我が将兵は文字通り一兵も残らず悉《ことごと》く斃《たお》れて山頂は敵の有に帰した。時に二十四日午後十時であった。

午後十時十五分、東部隊長より、

――第五中隊ハ全滅ス増援ノ第一中隊モ戦死傷多数田村山ハ敵ニ奪取サル
と悲痛な電報報告がなされた。

7、かくて東部隊は崑崙関北方約一キロの高地より崑崙関西方約五百メートルの高地の線に戦線を整理し、敵と対峙することになった。

8、第一線は弾薬欠乏し戦況が急迫したのにかんがみ、第四中隊の一小隊、第二中隊の半小隊及び歩兵第四十二聯隊の弾薬班に第一線への弾薬補充を命じた。これらの諸隊は午後十一時三十分、沿道の敵を撃退しつつ崑崙関西側谷地に進出したが、暗夜のため第一線と連絡することが出来ず、天明後田村山及びその西南方高地の敵陣地より猛烈な射撃を蒙り前進困難となった。

また、二十四日中村支隊長の九塘来着により、三木部隊は第一段の任務を達成したことになる。その後は既設陣地に拘泥《こうでい》することなく攻勢によって敵を撃滅することに決した。

午前零時、今村兵団長あてに、

――三木部隊ハ第一線陣地ヲ捨テ九塘付近ニ兵力ヲ集結シ機ヲ見テ攻勢ニ転セントス　速カニ宮本部隊(第三大隊)ヲ急進セシメラレ度

と、打電した。

2

中村支隊長は、翌二十五日午前五時十分、手術の効もなく、遂に戦死された。

旅団長までが戦死されるというのは、弾丸雨飛のさまが、いかに激烈であったかが思われる。旅団長の戦死の前後の模様については『広島師団の歩み』の中に、詳細をつくした記述があるので、長文だがそれを引用したい。旅団長の死及び、戦況の酷烈のさまが、併せて読みとれるのである。記述は「ある武将の最後」と題されている。この記述は、第五師団衛生隊川本隊「九塘繃帯所」医長永井軍医大尉の手記である。

――師走も押し迫った二十三日（晴）十一時ごろ広西省南寧県七塘干東北方およそ二キロの地において、ザン壕中に居られた中村閣下は、左頬に軟部貫通銃創を受けられましたので、当時中村部隊（旅団）に配属中の松本（楽一）隊の半田軍医少尉が、直ちにこれを診療した。その所見は次の通り。

左顎部ノ口唇溝ニ一箇ノ小豆大ノ射入口アリ、ソレヨリ後方三センチヲ距テテ一箇ノ小豆大射出口ガアル。出血ハ少量デ口腔粘膜、骨ニ損傷モナク、僅カニ咀シャク障碍ヲ訴エラル。疼痛ハ訴エラレナカッタノデアリマスガ、コレハ相当ノ深傷デス。武将ハ痛イナドト訴エラレナイノニ先ズ感心サセラレマシタ。

と、こんなぐあいであったので創面に沃丁《ヨーチン》を塗布し、昇汞《しょうこう》ガーゼをあて絆創膏で固定をして、この処置を一応終ったのである。

それから中村少将は、再び部隊の先頭に立ち再びけわしい山を九塘の西側に向い登って行かれる。そして同夜は傷のため咀シャク困難なので少量のカユを摂取された。

翌二十四日（晴）九塘西方三キロの高峰に進出、八時半ごろ部隊を停止し、それから中村旅団長は徐ろに山の背《おもむ》（稜線）を越して、敵に面する斜面に出で、立って敵の情勢をしばらく観測する。ところをスカさず約二、三百メートルの距離から敵の狙撃兵に小銃で狙い撃ちせられ、ドッとばかり倒れられた。

衛生隊は直ちに馳せつけ、旅団長を担架に載せて稜線を越し、反対斜面の稜線下一メートルの所に安置して馴染みの半田軍医がこれを診療する。その時は――

意識がまだ明瞭で脈搏七六至、整、緊張良く、呼吸二十回体温は平温で胃部の疼痛と腹部の膨満感を訴える程度。小銃弾は左前膊のヒジ関節に近く、伸側に一箇の小豆大射入口があり、屈側に一箇の小豆大の射出口がある。つぎに左側腹部左乳線上で剣状突起と臍との中間の高さ肋骨間の下部に一箇の小指大の射入口があり、その射出口は、この射入口と対照の位置で右乳線上にあって、左右三センチ、上下一センチに多開し、拇指頭大の肝臓の断面が露出、やや多量の出血を見る。そのうえ左前膊には骨折があったのである。

そこで創《きず》にはヨーチンを塗り、昇汞ガーゼを置き、左前膊には副木をあて、ホータイをして、「ヴィタカンフル」一箇を注射す。この診療が終ると、旅団長は当番を側に呼んで、「お前にはたいへんお世話になった。遺書と遺髪はトランクにあるから、家に送ってくれ頼むぞ」

いとも平易な面持でそう云われ平素から武将の覚悟は出来ていた模様で、ニッコリやさしく笑われたようだ。これには側にいた担架兵も看護兵も、思わず目がしらを熱くし、胸がつまってシンミリ何も云えぬまま、襟を正して厳粛な気持になるばかり。

数瞬、沈黙の裡にこれを見守っていた半田軍医は、やっと思いをこめて、

「閣下、創は浅いです。大したことはないと思いますので、どうぞご辛抱ください。九塘ホータイ所へ行って開腹し、手術を行えば……助かりますヨ、癒《なお》りますヨ」

これが浮世のお世辞という奴だろうか。が、最期の気休めを軍医がタワケて云ったのでは決してない。おそらく名医の半田はオレが癒してみせる、と思ったからであろうが。……そう願ったけれど……旅団長は俄かに莞爾とせられ、居合わせた副官をチラとみながら、

「ソウカ、手術をすればよいか、ワシは二度負傷したのだから……この次モウ一度負傷したら……駄目だナ……と思っていたのだが……ハハア」

と、自らの笑いで、その語調を急に消え入るように尾を引いて……安静な姿を保つ。

それまで目で合図していた副官は、直ちに九塘ホータイ所に「開腹手術ヲナスベキ」旨の無電を発す。昼食を喫した担架兵は十三時、前後六人の担送で静かに坂を降りて行く。一ヶ分隊の護衛を付し、副官自らの指揮である。半田軍医ほか二名の衛生部員が、看護のため之に随行した。

それから山路を九塘に向う途中、有力な敵とスレちがいに接触したが、運よく交戦せずじ

まいに、こんどは迂回路を辿って行程約六キロばかり「血塞」こと九塘西門外に達したところ、再び敵の目標となり射撃を受けたが、それも強行突破して十七時、ホータイ所へ無事に到着することを得た。この間刻々に増強する腹部膨満感と多少の疼痛を訴えられた他、大した異常を認めなかったが、脈膊は次第に頻繁となり、緊張は弱まりゆく。

当時の九塘干は極めて凄惨荒涼たる情景を呈していた。ここは九塘盆地の北側に位置し、四囲を小山にかこまれ、戸数（土粘りの家）四十戸ばかりの小さい市場であった。十二月十七日以来毎日が激戦また激戦を繰り返し、家屋は原形を変えて焚く物もない。野砲二中隊玉井中尉は、敵に砲二門を分捕られたから、オレは菊の御紋章の名誉にかけて「割腹させてくれ」と男泣きする。それで自決させないように護衛兵をつけて夜中も監視を怠れなかったアノ頃。

わが兵糧も弾薬も欠乏し、第一線の「コンロン関」とも、後方の八塘とも連絡が絶えたのみでなく、部落から二百ないし三百米《メートル》を隔てた高地は、四方すべて敵の占める処である。わが占める部落内にも敵の狙撃弾が縦横に流れ、敵のカノー（加農）砲や迫撃砲弾が、しばしば弾巣化して、集中炸裂していたところ。

その一屋内に在った九塘ホータイ所に於ては、夜分になってマサニ手術の用意が出来たとの知らせ……。副官は川本中隊長を訪ねて小声でささやく。

「中村閣下の負傷は内密に願います。士気に影響しますから……それから手術を施すことも絶対秘密に」

と、重ねて念を押すように付言した。高級軍医永井大尉は、命をうけメスを握る。この立会いの軍医として、九塘にいたのは衛生隊の本永正樹中尉（現在は賀茂・西条の病院長）、仁専中尉、それに山口聯隊の斎木中尉である。この四名が協力して治療にあたる。手術室の助手としては、衛生隊付の羽山、中山両軍曹がこれを命ぜられた。

ついでに手術室の位置に少しく後日のために書き残して置きたい……ことがある。それは、部落はどこも砲弾に対して遮蔽しておらない。加農砲に対する顧慮を払わぬこととし、迫撃砲弾に対する防禦工事を施した家屋を物色して選んだ。この見地から白羽の矢を立てたのは、部落南北に通じる本通り筋の東側にあたる商家を利用することに決めた。

此家は二階造り煉瓦壁、瓦葺の家で、階下は前と奥との二間に別れ、前室は四米平方の土間である。天井には板の下にアンペラさらに一重張ってあるのでタトエ迫撃砲弾が命中しても、まず瓦屋根で炸裂し其砲片、瓦等が天井板に止まり、塵埃等はアンペラの境いで遮られる筈だ。入口の方は開放してあったのを、落下傘で幕張り仕切ってしまう。そして肝腎の手術台としては、適当な木机に落下傘を敷いて用いた。

これらの他、所用の衛生材料は衛生隊の備品で間に合わせ、それでも不足の品は歩四二（山口）聯隊二大隊医務室から補ってもらったが、器械やガーゼ滅菌用の水を渓川に汲むとき一苦労。敵の狙撃兵に狙われていたから……また屋内からも煙の立つのを戒めつつ煮沸滅菌し、全員で待機した手術を実施するに至る。

〈手術室の模様〉

三木部隊長（当時濱田聯隊長）は手術室の枕頭に進まれ、直立不動の姿勢をとられたところ、中村少将は心持ちゆるく右手を差し伸べられるに対し、三木大佐は上半身を枉《ま》げて固く握手しながら「閣下、申し訳ありません」の一言。蒼白な面持ちの少将は荘重に「よくやってくれた。任務を達して到着した」両者の情感交々で、並居る一同は無言。静寂。

当時、旅団長は皮膚蒼白、粘膜貧血著明、顔貌苦痛を堪えつつあるものの如く、脈膊一〇三至声弱、呼吸二五回、体温三五・八度、創は前に述べたとおり左頬、左前膊、腹部に存ッて特に前回所見と異る点は――右季肋部に手拳大に膨隆している処。この付近に内出血が著しい。

ことを物語っておる。心窩部右季肋部一帯にかけて、圧痛および自覚痛がある。下腹部には異常がない。肺肝境界が稍々《やや》上方に高まっている他、胸部には著変を認めぬ。ただし一般状態は不良だ、警戒を要するものである。

以上の所見からして、肝臓が損傷して内出血のあること、創孔の位置から考察して、胃または横行結腸が損傷していることの二つを予想し、開腹手術の適応症であると診断された。

そこで十七時半、旅団長次級副官立会のもとに本永軍医執刀、斎木、永井、仁専、半田の各軍医が助手となり、いよいよ手術を開始する――。

ノポカイン局所麻酔をして正中線に沿い、剣状突起下よりヘソまで切開するや、腹腔内に多量に溜っていた内出血が、切開口から一度に流出せんとしたので、直ちに「タンポン」を挿入して圧迫し、出血を防ぎ内臓の精査をする。

腸管には損傷なし。胃の前壁小湾に近く胃角の辺りに一箇の横走する創傷あるを発見、此創傷は長さ四糎に亘りショウ膜及筋肉層を破り、僅かに粘膜のみ残存して、辛うじて内容の流出を防いでいる。胃壁の小湾側は高度の溢血を示し、赤紫色に変じ、血管の一部損傷して多量の出血を見る。直ちにこの血管を結糸して止血す。胃壁損傷部は「レンベルト」の縫合を行なう。

そして腹壁をさらに肋骨弓に沿い右方に横切し、肝を精査するに「タンポン」圧迫を除くや、たちまち多量の出血湧出す。肝右葉は挫砕せられ、数片の小児手拳大あるいは拇指頭大の肝臓破片が腹腔内に遊離し、これらの肝臓破砕面からの出血が多量なので、精査する猶予もなく、しかも深部の為、縫合結糸を試みるも成功せず、止血はきわめて困難である。

この一般状態は到底長時間の手術に堪えぬものと認められたので肝臓手術は圧迫「タンポン」により止血し、止血剤の注射や強心剤リンゲル氏液等の注射を行ない、癒着を待ってさらに第二次の手術を致すべく決心した。

そこで圧迫「タンポン」を肝臓破砕部に圧迫挿入して止血し、腹壁を三層に縫合し、二十時半に手術を終了したが、手術中から手術後にわたり、リンゲル氏液一五〇cc、トロンボゲン一〇cc、ジギタミン一cc、ヴィタカンフル二ccを注射した。手術直後の脈膊は一四〇至整、弱、呼吸三〇回で一般状況に変化なし。

7　旅団長戦死の状況

1

ちょうど手術最中の十八時ごろに、敵の迫撃砲撃が始まり、部落内に集中落下してきたのである。開腹して胃の損傷部を精査していると、青天のヘキレキの如く、轟然と頭上に炸裂した砲弾の破片。硝煙はたちまち手術室に立ちこめ天井のアンペラの隙間からゴミが降り散る。手術者は慌てて開腹部を腕と身を以て覆ったのである。

こうして砲弾のハシリ第一発は手術室の屋根に命中した。「ハジマッタゾウ」という間もなく、第二弾は直前の街路にサク裂し、耳をロウするばかり。第三弾は三軒目の屋根に落ち、続いて遠近各所に落下サク裂する。

その都度、手術室は震動し、砲煙の香がみなぎる。けれど手術は一刻の猶予をも許さず。手術者は沈着に作業を進めてゆく。閣下も砲撃には無関心なものの如く、平静にしていて、何ら動じる色もない。さすがにマナイタのコイ（鯉）武人の覚悟のほどが立派だ。

旅団長病室のため、予《あらかじ》め南門外に掩蔽壕を掘って置いた。が、手術後の状態は絶対安静を必要とした。ので担送して移すことなく、手術台にセンベイ蒲団一枚を敷いたまま、寝台として仰臥《ぎょうが》せしめ、上に軽く毛布二枚をかける。

病室には軍医一、衛生部下士一兵一および部隊長付の忠実な当番が常に側近を離れず、黙々と念ずる如く、祈る如く看護勤務に不眠不休で付添う。

これを一般状態から按ずるに、予後の楽観を許さず、特に肝臓破砕に由る出血多量は、まことに憂慮すべきものがあった。

当ホータイ所は既に連日、多数の戦傷者を担ぎ込まれ、その治療に任じて来たため輸血材料、リンゲル氏液等欠乏し、如何とも術を施す途がないのに思案投首《しあんなげくび》の態《てい》たらくである。たとえ戦場でも、医は仁術なりの天職を果したいため、直ちに五師団軍医部長宛に、

「手術終了、輸血材料及リンゲル氏液至急送ラレ度」

という無電を打ち、其材料の到着を鶴首して待つ。それまで万全の施療ならびに手段を講じて、生命の維持に努力すべきことを申し合わす。

閣下は手術終了直後に、次級副官へ、

「副官、坂田部隊（山口聯隊）ノ進出ヲ容易ナラシメヨ」

と命ぜられ、ついで十八時三十五分ころ、身辺近くに砲声を聞くや、誰にいうともなく、

「ホントウニ戦闘ラシイ戦闘ヲシタヨ」「と、シカとは聞きとれ難い、ウメクような述懐。それを口の中でモグモグつぶやいておられた。それからまた暫《しば》らく経って、軍医が衛生兵を使い、注射薬を受領のため、薬剤室へ遣るに際し、「其途中で頭上の山頂から敵が狙撃するからよく警戒し、敏捷に」と注意していたら、それを耳さとく聞きつけ、

「オレのために危い所へやるな、オ前、ずいぶん要慎《ようじん》せよ」「ハッ」てなぐあいに将軍が衛生兵にかける思い遣りのほど、人情の美しさがあふれていた。戦さの中に在った誠実。そして真実。真実が風前の灯のような生命の中から、胸をうち迫る……。鬼神の言葉か。

夜が明けた。朝である。師走の風は寒い。六時四十分ころ閣下は口喝と悪心を頻《しき》りに訴えられる。これは胃に損傷があるので悪心があり、若しも水等が多量に胃内に入れば、胃のダ動を惹起し、縫合部が離れ、出血を繰り返す。そうしたら……さらに悪心が増しますヨ……とその旨を学理上から説明してあげる。主治医の永井隆軍医大尉は、応召前に長崎医大の外科に在って、助教授を勧めていたから、病理に詳しい。

するとと閣下は「判った」と口をつぐまれる。それで脱脂綿に水をしましたので口中を拭ってあげると、特に「湯サマシが水筒にあるから」そう注意し付け加えられたので、水筒にご持参の水を用いた。口中を拭き終るといちいち唾と共にそれを吐き出し、一滴も飲み込む形跡がなかった。死に臨んでの意志の強さと正直な素直さ。こうした装作を三十分毎に最後ま

で繰返す。

十八時半の容体は、脈膊一二〇至整なるも稍々弱く呼吸三〇回、ヴィタカンフル一箇皮下注射。

将軍の足先は冷えていたが、寒さを訴えられず、看護兵が湯タンポを入れたところ、「要《い》らぬ」と断わられた。

十九時半、脈膊一二五至整、呼吸三五回で稍々呼吸が頻繁となる。ロベリン一箇注射。

二十時…脈膊一三六至整。稍々弱。

この頃「呼吸が止まりそう」と申される。しかし、他覚的には肺に変化なし。この現象はおそらく肺内で呼吸に参与する血液量が減ったためと、腹腔内出血のため、横隔膜が挙上せられたためであると思われた。

それから二、三十分経ったころ「軍医は何という名前かネ」独り言のように問われるので答えると「そうか」まだ意識はあるがウトリウトリ。しばらく（五分位して）「任務を達成したので安心だ」またポツリ。二十時半ころ「頭がボウとするが脳貧血だろう」意識が次第にモウロウとして来たらしい。脈膊が次第に低下してゆくことと併せ考え、予後は愈々《いよいよ》不良を思わせるので「ヂキタミン」一箇皮下注射。二十一時の脈膊一三四至整弱。呼吸三四回。

このとき脊、腰の疼痛を訴えられたので、急造のワラ蒲団を敷く。二十二時、脈膊一三〇至整、稍々《やや》弱、呼吸三八回。で呼吸が次第に増加し、かつ「浅在性」になってきた。ヴィタカンフル一箇皮下注射。排尿二〇〇立方糎。便意はあるが排便を見ない。

かく将軍は手術後、格別に苦痛を訴えられず、また苦悶の身動きも敢えてこれを示されなかったが、実際には甚だしい疼痛と腹部膨満による苦悶があるものの如く、呼吸の度にもれるともなく「オーラ」「オーラ」自制の呻きが小声で発せられ、とても我慢に我慢を重ねられたようだ。唯連日連夜に亘り険しい山路を徒歩で従軍されていた為、脚のケン怠を覚え訴えられたので、俄《にわ》か按摩の当番が神妙な姿でこれをもみほぐしていた。二十三時半、ヴィタカンフル一箇、ロベリン一箇を皮下注射す。

昭和十四年十二月二十五日（晴）零時の診断――中村旅団長の瞳孔が収縮しはじめる。危篤の前兆と思われる。脈膊は結滞がちとなる。直ちにこの旨を副官へ報告し、三木部隊長（濱田聯隊長）にも連絡した。

このとき眼は閉じられていたが、意識は依然明瞭である。そして時々に発せられる言語は極めてこれまた明瞭に聞きとれ、かつ活発に満ちていた。軍人精神か、士官学校の教育が然らしめた結果であろう。零時半、ヴィタカンフル一箇注射、すると突然、

「高イ山ヲ取リマシタカ」

と、将軍が軍医に問われたから軍医は旅団副官に尋ねたところ「取リマシタト答エヨ」とのこと。零時四十分、三木大佐と聯隊副官、川本衛生隊長等、無言で枕頭に集合する。

死に臨んだ二十一旅団長は、長時間にわたり黙考していたが、最後の大覚悟を決したものの如く、自発的に遺言を述べ始める――。先ず当番の名を呼び「身体ヲ大切ニセヨ」としみじみとした句調でいわれ、次いで「三木大佐ニヨロシク言ッテ呉レ」という。そこで三木大佐が枕の左側に進み出て「三木は参って居ります」ソウ耳許に近寄って云うと「アアソウカ三木大佐、オ世話ニナリマシタ、任務ヲ達成シテ満足ダ。君ノ処ハ……此度……特別ノ手柄デオ芽出度ウ」と申された。三木大佐は無言で将軍をみつめていた。

わずかにローソク一本。その光りを遮蔽してある室内は暗い。深夜の空気がシンシンと冷え寂まっている。凍《い》てつきそうな夜。遠く近くシジマを破って聞える銃砲声の伴奏で、遺言は次々と述べ続けられる……。副官はそれを黙々と筆記しておる。

「公私共ゴ厄介ニナリマシタ。将来ノ御発展ヲ祈ル。武藤軍務局長宛」

「今村師団長閣下ニ御厚意ヲ謝ス」等々。

副官が「御宅の方へ何か」と訊くと、

「何モ無イ。満足シテ死ンダ……任務ヲ達成シタ、ト云ッテクレ」

折柄、月影光々として冴え渡る。ひとしきり銃砲声が頻りと起った。のに耳をそば立て「ヤリオルノウ……」とニンマリ。軍医が耳の傍で「高い山を取る。総攻撃ですよ」合槌を打つと「ソウダ、モウ大丈夫ダ」と申され沈黙。

三木聯隊長は、この言葉を堅く胸に収め、大きな決心をその眉宇に浮べる。そして無言で目のアイサツをし、直立不動の姿をくずして室外へ出て行った。

深更一時の容体＝脈膊一四〇至不整、呼吸四四回、ロベリン一箇注射。同二十分「坂田大佐（山口聯隊長）ニヨロシク。任務ヲ遂行シ死ンデ逝ク。イヤ戦死スル」と、臨終間際の奇智ぶりに愛敬がある。逝去を戦死と改めて云い換えたり、一時半、刻々と死期せまり「苦シイネ……シェーン・ストークダネ」と医学上の独乙語《ドイツ》を使ってシャレル。

このシェーン・ストーク型呼吸が危篤の兆しである。将軍はそのことを知り抜いていたから軍医は困る。助からない。全くのところシェーン・ストーク型の呼吸になって参りました。二時＝脈膊一四〇至、一分間に五回位結滞し、体温三五・二度、呼吸は約二五回。ヴィタカンフル一箇注射す。

しかし効き目はない。嘔吐があって少量の吐血がある。胃損傷部粘膜面から内部に出血したもの。そのとき「副官ニ略綬ヲ付ケサセヨ」と命ぜられたので「皇居遙拝」と察した医務室勤務者らが手伝い服装を正しくしてあげた。すると暫らくして、

「起キ上ラネバナリマセンガ、出来マセンカラ失礼致シマス」

と小声で独語し、まことに謹厳そのもののような気色をして臥床したまま黙禱を捧げられた。最後まで別に陛下の万歳を唱えられなかったが、此時に最期のお別れの遙拝を、恐らくなされたのであろう。

それから吐血量が増加の傾向となり、三時十五分「クラウデン」一〇cc「ヂギタミン」一cc注射。勁筋の按摩を求められるので、してあげると、その度に「アリガトウ」と繰返しいわれた。実際に腹部膨満感が増大したようだから便意があり、

「排便スレバ軽快ニナルデアロウ、石鹼水デ灌腸シテ呉レ」

と申される。内出血のための膨満であり、排便により腹圧が減じると更に出血を促すものと思われたが頻りに要求されるので、薬品石けん水をもって、かん腸を試みること三回。けれど昨日の夕食で少量のカユを摂っただけの腹だから排便なし。尿意もあるが、排尿もない。いずれも腹腔内出血の圧迫による反射である。

この頃南寧の五師団司令部から無電あり、

「昨夕十六時、衛生部員ガ輸血材料ヲ携行シ、南寧ヲ発チタリ途中ヲ強行突破ニヨリ九塘ニ至ルカラ極力治療ニ努力セヨ」

とのこと。順調に行程を急いで来ると、夜明けの四時頃には途中を強行突破で到着する筈《はず》。その時刻まで、ありと凡《あら》ゆる手段を尽して、将軍の生命を保たねば……五師団衛生隊の面目がない。

たとえ途中で敵の抵抗があって夜明けまでに到着しなくとも、朝となれば飛行機が必要な輸血材料「リンゲル氏液」を投下してくれるであろう、それさえ手に入れば大丈夫だ。其時

まで何とかして生命を継がねばならぬ。それで凡ゆる努力を払いました。それ故旅団長が時々「軍医、コノ腹ガ楽ニナル薬ハナイカネ」とたずねられても、心臓衰弱を恐れて、麻酔剤を使用せぬことに決し、極力と強心剤を用いたものである。

三時三十五分、ヴィタカンフル一cc、同四十分、ロベリン一cc注射。

そして軍医一名は枕頭に侍り、脈を握って時々刻々の症状変化に留意し、治療の対策を練る。他の軍医一名はギリギリした気持で九塘南門に立ち、遠く八塘方面をスカシ見ていた。耳も足音はせぬかと、そばだつことしきり。四時、脈膊衰弱不整。呼吸六三回に促進す。いよいよ危険が迫る。南門に立って耳を澄ます気持は泣きたい位いだ。月明の山峡は寂として声なし、ああ。

この時まで友軍の攻撃に伴い、前線に絶え間なく響いていた銃声がピタリとやむ。将軍は、「ウム、成功シタナ」

と云われた。旅団長がこの安堵の姿を見、軍医ら一同、どうか再び銃声が起らぬようにと祈る。

五時八分……ヴィタカンフル一cc注射す。別に変った所もなく見受けられた。

五時……全く俄《にわ》かに病勢革《あらた》まる。突然、意識が消失し脈膊は殆《ほと》んど触れず。顎呼吸となり、危篤の症状。ヴィタカンフル二cc。心内注射もその甲斐なし……。

副官が「閣下、閣下」と連呼したが、さらに応答がない。全身微動だにせず。寂として横たわる。苦悶の象徴は一つも見当らぬ。やがて大きく両眼を見開き、天を凝視しつつ五時十

分、脈膊停止、十五分呼吸停止。遂に十八分、瞳孔散大、諸反応消失——戦死。

診断は……腹部貫通（肝胃損傷）左前膊骨折貫通、左頬部軟骨貫通銃創であり、死因は肝臓破砕に基く、多量の腹腔内出血による心臓衰弱である。

ああ遂に来らず。南寧から衛生部員の来着も、飛行機による輸血材料投下も間に合わなかった。当衛生隊としては誠に残念であり、申し訳けないことである。

遺留品は副官の手によって整理された。遺骸は軍医の手によって清拭し、白装束もないので熟考の末、先日に飛行機から弾薬投下の落下傘の布で包む。そして木机の台上に毛布を敷き、北枕に遺体を安置す。

昔の武士は屍を馬革に包んだそうだが、中村将軍の遺骸は落下傘絹に包む。

胸に略綬をつけた軍服を置き、軍刀と陣刀を傍に供える。その上に天蓋のように落下傘が吊られた。仏壇に花を供えようと探したが、砲撃に荒れた付近に花もなく部落を一歩出れば敵の射界である。

それでも旅団長の当番が敵の狙撃を冒し、一時間ばかり狂人のように花を探して、やっと野菊一輪を持ち帰る。全くの生命がけだ。一心というものは強く逞《たくま》しい。居合わせた者みんな感激す。将軍と当番は是一心一体か。みんなサメザメと泣いた。

これを名も知らぬ花瓶にさして祭る。さらに熱帯植物の大束を添えて故人の霊を悼《いた》む。生死に定めあり、寿命は天に在るけれども、戦争さえなかったら……将軍は未だ死ななかったであろうが……。

以上の処置を終った頃、大正天皇祭の夜は明ける。この日の朝は晴れて輝やく。そして九塘コンロン関を死守する任務のある五師団二十一旅団は、その主力の二分の一たる坂田部隊（山口聯隊）が堂々、敵中突破して入り来たる。坂田大佐と三木大佐が交々と眼をうるませながら固い握手をする。ああ、祖国のモノノフ（武士）中村部隊長＝英霊よ安かれ。

――以上は、昭和十四年十二月二十三日から二十五日にかけて書かれた、永井軍医の原文のままの手記である。中村旅団長の死の模様は、崑崙関戦のなかで、もっとも意義深い劇的な場面といえる。旅団長をはじめ、各陣地を死守する将兵もまた、旅団長につづく壮厳な死生の間の戦いをつづけていたことになる。

（これはのちのことになるが、旅団長の手術の執刀をした永井軍医は〝長崎の鐘〟の原爆症で有名な永井潜博士の従軍間の姿であることを、この場で記しておきたい。また『広島師団の歩み』は、村上哲夫氏の著であるが、この本には永井軍医の身分については別に記されていない。広島編成第七十師団に所属した軍事研究家秋山博氏からの筆者宛の私信によると、崑崙関戦当時、永井軍医は、第五師団野戦病院付が職名で、昭和十五年に召集解除されて、長崎で勤務されている。長崎市の原爆記念館には、原爆関係の資料の中に、中村少将手術室の様子を撮った写真

が展示され、四名の軍医の中に永井軍医の姿も見えるそうである）

2

旅団長戦死のあとも、崑崙関の彼我の攻防戦は、さらに激化の一途をたどってゆく。その経過を歩兵第二十一聯隊の戦闘記録で見る。

1、中村旅団長戦死。午前五時十分。

2、午前七時三十分、坂田部隊長（歩兵第四十二聯隊長坂田大佐）の指揮する部隊は、敵陣を強行突破して、九塘に到着した。

これより歩兵第二十一聯隊は欽寧兵団の直轄を解かれ、歩兵第二十一旅団（長・坂田大佐代理）の指揮下に入る。一方この頃第二大隊は八塘より追及してきた。

そして坂田部隊は本道（含む）以東、九塘外周高地を、三木部隊は本道（含まず）以西、九塘外周高地を堅固に占領し、後続部隊の来着と共に攻勢に転ずることに決した。

3、午後四時頃、九塘西南側部隊本部及び予備隊の位置に敵の戦闘機が対地射撃を実施し、引続き敵の爆撃機三機が空爆を実施して、我が軍に損害を生じた。

4、第十二中隊（長・山内中尉、機関銃一小隊を付す）は九塘北方約二キロメートルの本道西側高地を占領して、第一線と九塘間の補給路を確保すべき命を受け、午後八時行動を開始し、本道付近に進出していた敵を撃退しつつ、午後九時頃完全に所命の地点を占領した。

5、第二中隊（長・足立中尉、一小隊半欠）は、歩兵第四十二聯隊の一小隊を併せ指揮し、第一線に弾薬、糧秣を補充すべく第十二中隊の後方を進んでいたが、第十二中隊の高地占領に引続き第一線に向かい当面の敵を強行突破し、途中第四中隊の一小隊及び第二中隊の半小隊を併せ指揮し、崑崙関北方に於いては約百名の敵を撃破し、午後十一時、東部隊の位置に到着した。

同中隊の補充した弾薬は実に機関銃弾約六万発、小銃弾約四万発の多数にのぼり、若干の糧秣も補給した。

このため第一線将兵の士気大いにあがり、連日血戦を指揮してきた東大隊長は、足立中隊長の手をしっかり握り、しばし声もない有様であった。

8 死闘崑崙関

1

死闘を深めつつある崑崙関《こんろん》の状況のなかで、十二月二十五日以降の、松本大隊長（歩兵第四十二聯隊第二大隊長）の手記には、つぎの如く記されている。

——十二月二十五日津田中尉が戦死し、柏村中尉は小川大尉の直後に戦死したので、その夜津田陣地のMG（重機）を大隊本部の私の所に移し、残りは柏村の下士官に三名程を移し、MGは本部の位置から日の丸を援護射撃と決めた。理由は佐藤賢了大佐が敵前を低空にてMG弾三千発を投下されたばかりで、有効使用は一千発を米重陣地の側射に（弾なし状態）、一千発を本部から日の丸を援護と考えて、残り一千発は最後の拠点でと夜の内にこれを決行。米重も又勇気百倍と喜んでくれた。これ等に本部書記は私を助けて夜も走り回った。明けて二十六日、九塘から「中村旅団長が二十五日夜九塘にて手当の効なく逝去、代わって坂田聯隊長が九塘、崑崙関の全部隊を指揮される」と安田大尉から電話である。「津田陣地は捨てても米重健在だから道路に沿う陣地は大丈夫。ただ食糧補給を」と頼むと「どこも同じ、水のみ」との事であった。

当時大隊内でも水だけで過ごしたが、中には水を胃が受けつけなくて飲めば戻す者が多くなった。実は私も四、五日前からそれに気付き自分で五葉松（稜線の松に五葉松が混在していた）の葉を歯嚙《しが》み軟らかくなると水と一緒に飲むと一時の飢えしのぎになるし、吐き気も止まるのでそれを書記伝令に示し実効を皆にやらせる。五葉松を持ち夜になると各陣地に教えたのを覚えている。

二十日過ぎ敵の爆撃機が五三〇高地に砲撃と一緒に爆弾投下で全陣地がグラついた時、柏准尉は寝室が吹き飛んだので松を切り、運び上げに熱中し戦死者も二、三名程《ほど》は居たが皆頑健で安心した。

二十六日夜に園田陣地の下士官以下四名を日の丸高地の支援（林中尉も遂に二十五日に戦死し、米重中尉が代わり日の丸を指揮するが、兵は三人程MGは分隊長に任せる）に行かせた。

二十七日昼間日の丸に対する砲撃後、敵が東側から二列三列と並び這《は》い登るのを見て直ちにMG射手に、頂上には日本兵は居ないとみて少し上に照準をつけて下る様に撃ち込めと命ずると、這い上がった奴から下に落ちるのが見える、その要領で皆射ち落せと転輪を外しての掃射、これを見ていたか左の方の戦車の先頭の側溝から狙撃手らしいのがチラと見え射手を狙撃し鉄帽を射ち抜かれて即死。私の体と接していたから抱き抱えて後の本部下士官に渡し、私は重機をとり戦車の先端に腰だめの掃射をすると後方の欅林の中に下るのが見えたので銃を取り直し、日の丸台を望むと敵は一名もなく又米重も合図がない。日没を待って是非確かめると後ろに向けて独り言。傍らで様子を皆見ていた。増山平射砲分隊長が「夜出られるときは私を連れて行って下さい」と言うので、「誰でも良いんだ、手が空《あ》いていたら一緒に確かめに行こう」と話し、夜に入り拳銃の紐をゆるめボタンを外せばすぐ撃てる様にし、右手で軍刀を、鉄帽は置いて真っ直ぐ頂上台地に寄るが誰何《すいか》もない、敵も見えそうにない、二十七日の夜の八時である。私は直感でアノ位置にMGを置いて撃ったのは初めてでしかも連続の二、三百発で敵は増援でも来たと思ったかと判断。とにかく明日一日中敵の出方を待つこと、銃弾はまだ千五百発あり最後拠点に移るのは明後日二十九日と決めて増山君と園田の所を見て帰るとし、山を下りると先の米重陣地でMG分隊はいなくて前方に移ったと見ると、ボサの中で「ここも皆戦死だ同じ戦死なら中隊仲間のおる園田小隊長の所に仕様や」と、つぶやきながらすぐ下を元の園田陣地へと歩くのは四人連れらしい。私は増山君に「止めるなよ」と言葉をかける。増山は「どうしてです」と言うから「君の言うのは言われた事をせんと言うのだろう。彼等も昨日からさっき迄《まで》米重と一緒だった。四人は何かで運良く助かってみるとアノ気になった。きっと園田の所で立派にやるヨ、やらせておけ」と話し二人で帰ったが、果たして三十日夜の撤収の時には園田陣地も全員帰らぬ人であった。

日の丸陣地の攻防については、十二月初旬からの模様を叙した松本大隊長の手記の部分を、紹介しておかなければならない。

日の丸は崑崙関の中心陣地である。

——登るだけでも安易でない日の丸高地頂上に、敵が砲撃を始めるのは突入の約三十分前、突入前に集中射があり、この時我方は頂上の近くに階段を踏み登り横隊となり射撃のやむのを待ち、敵は頂上に這い登り手榴弾を投げる。我も投げると頂上直下の敵はそれで半分は落ちる。落ちないのは三、四十メートルであるから必殺射、這い上がるのは銃を逆手に殴り殺す。これは手榴弾の補充になる。九日から十五日頃迄はこれの繰り返し。だが弾丸も底をつき、食糧もなく、十七、八日頃が最期かと見て水と松葉を歯噛み、わずかの生米を分配した。中には園田見習士官（八中隊）が十日の朝、下士官兵五名を連れ弾丸の補給に来たので懇々と話し「私も陣地について右の様子を、どこの陣地でもやっていると津田、田中を指差して話し、弾丸はあるだけを後十日位持たして使え、現況は補給の道なし」と話した。苦しい中にも彼等は全員最後の一人迄頂上で二十七日頃迄戦い抜いてくれた。皆本当に立派な最後で、十五日頃の鹿地亘《かじわたる》の投降勧告の話など心配どころか「あれでも日本人か」と兵の話すのを聞いたものだ。

——右の記述のうち、鹿地亘の謀略宣伝というのは、別項でも記したが、重慶軍中に加担している日本共産党員の謀略行動を指している。こうした放送宣伝は、のちのちもつづいてゆく。

日の丸高地は日本軍守備隊と重慶軍とが、奪《と》ったり奪《と》られたりのくり返しを、五度やっている。重慶軍が占領した高地を日本軍が攻撃する時は、野砲陣が四連射で撃ち、大隊砲も連続して撃ち、砲が故障すると、人力で薬莢を出したりしている。最後には小行李までが、小銃兵にまじって高地攻撃に参加している。重慶兵は一列になって登ってくるので、先頭から順々に撃ちとっている。

陣地攻略戦では、日本軍が携行していた蓄音器が敵に奪取され、敵はこの蓄音器とレコードを使用して、攻防間、謀略宣伝に使った。戦闘意欲を阻害させるためである。美ち奴の歌う「ああそれなのに」の曲が大きく放送されたあと、「四十二のみなさん、私はヘキ農学校出身のカミヤマです。無理な戦いをやめてこちらへお出でなさいまし。こちらには娘子軍《ろうし》もおります」といって、裏付けのある捕虜の日本兵による宣伝も行なわれた。また、負傷者の私物も掠奪されているので、負傷者宛に手紙が届いたりした。むろん、降服勧告の手紙である。戦闘のみでない、心理戦も行なわれていたといえる。

2

――ここで、歩兵第二十一聯隊の十二月二十六日以降の記録を、引用しておきたい。

〔十二月二十六日の戦闘〕

1、現状では田村山の奪回は困難であるのみならず、例えここを奪回してもその左側及び背面に敵陣があるため、敵の弾巣となり陣地の保持は至難であると判断された。九塘西北方約三キロメートルにある高地は標高四百五十メートルで、賓寧《ひんねい》道西側地区を瞰制することのできる要地であるため、部隊はまず第七中隊をもってこの高地を占領することに決した。

2、第七中隊（長・旭林中尉・機関銃一小隊を付す）は午前十一時に九塘を出発、途中約百名の敵を撃破し、午後八時、同山腹及び山頂の陣地に拠る数百の敵を攻撃して東南の一角を占領した。

その後、困難な夜襲を続行して戦果を拡張し、二十七日午前七時三十分、完全に高地を占領した。

3、二十六日日没より夜半にわたって、東部隊は二回ほど敵の夜襲を受けたが、その都度多大の損害を与えて撃退した。

〔十二月二十七日の戦闘〕

1、二十六日まる一日の工事の実施により、九塘付近の陣地は相当堅固に構築することが出来たので、坂田支隊長（代理）に意見具申をし、聯隊は九塘占領の任務を解かれ、聯隊主力は午後四時、九塘を出発、賓寧道西側の山径を前進して、午後六時頃、第十二中隊の占領高地に達した。

2、その後、聯隊本部は望楼西南方約八百メートルの高地に位置することになった。

3、午後六時五十分、第六中隊の一小隊（長門崎准尉）は、崑崙関西南方約一キロメートルの高地を攻撃、二十八日午前二時三十分、占領した。

ここで十二月二十六日よりの、野砲兵第五聯隊第二中隊の状況を、山田軍曹の手記をたよりに、みてみたい。

——午前九時十分ごろ、我が陣地に攻撃開始さる。敵襲の警告に分隊全員と他分隊よりの応援を得て散兵壕数を拡大す。

機関銃及び迫撃砲を有する約百名の敵五十メートルに迫り盛んに攻撃し来る。雑木林の中、しだ類の繁茂する中に何か私語を交わしながら攻撃する敵の顔、服装は異るも一個の東洋人であるとの感慨が脳裡をよぎる。

松本上等兵のチェッコ機銃の射撃を命じ目標の確認に努む。大江上等兵墓場の陰で奮戦中一弾頭部に命中、名誉の戦死を遂ぐ。折しも松本上等兵、大江上等兵と配置を交代せんと壕を飛び出せる瞬間、松本上等兵腹部に受弾重傷。之等戦死者、負傷兵を後送せんとするも敵至近に控え不可能なり。折しも原田一等兵顔面に一弾を受け負傷、敵突入せば我も突入せん、低姿勢を以て弾は撃つなと命ず。敵の攻撃猛烈なり。奮戦激闘数刻にして遂に敵を撃退さす。

午後、海軍機数機飛来、糧秣の空中補給をなす。貴重なる糧秣、弾薬敵陣内に落下するものあり、友軍陣地余りにも狭小なるが故なり。友軍機に感謝して手を振れば、友軍機之に応えて翼を振り南方へと去って行く。洵《まこと》に感激に堪えず。

夜に入り敵四周の高地に夜襲を反復し来る。午後十時頃、敵再び我が陣地を夜襲し、突撃喇叭《ラッパ》を吹奏す。我等手榴弾を投擲して共に喊声《かんせい》をあげて敵の気勢をそぐ。一刻余りの戦闘の末敵を撃退す。

十二月二十七日、終日至厳なる警戒をなす。

友軍機による糧秣投下に危険を冒し敢行感謝に堪えず。夜間に入り敵日の丸高地に熾烈なる迫撃砲と重機の攻撃を続行、友軍歩兵善戦敢闘克く之を撃退す。

四囲皆敵にして九塘との連絡絶え一意死を決し勇戦、激闘す。何れ此の地を墳墓の地と考えれば周囲の木々草花又丘より見下す沼の風景、四周の山々総て懐かしい。感慨を呼ぶ。既に崑崙関の部隊生存者四百名に満たぬであろう。此の谷間の丘に玉砕の運命に有り、共に此の地に魂魄を止めると思えば死所を得たような安らかで静かな心境に至るのが不思議なようである。

夜間歩兵一ヶ分隊増援来る。松本上等兵遂に戦死。桜間一等兵又斃《たお》る。悲しき日なり。出征以来我が分隊の部下として鞭撻、勉励奉公の誠を尽くされた人々の死を聞くのみにして之が葬いを為し得ざる現況誠に詮方《せんかた》なし、我等も矢弾尽き刀折れなん暁には敵に突入兄等の後を追わん。

夜半各高地に対し敵襲益々盛んに攻撃を反復す。

敵二十個師団よ今に日本軍の隠忍自重の後に来るべきを見よ！　敵空軍九塘を爆撃す。九塘の爆撃は崑崙関より遙かに望む。九塘も重囲の中に隠忍の日々を闘っているものであろう。

十二月二十八日、日の丸高地陥落の日。

遂に砲兵我々の残弾も四発となった。敵払暁を期して日の丸高地に突入し来る。崑崙関警備の初日より敵幾度か攻撃を反復し垂涎おく能わざる要衝の丘陵であった。我が陣地の丘陵から、日の丸高地は良く見える。その高さは余り変りはない。死闘の繰返しが眼にうつる。又我々も賓陽平野から四囲を十二分に観測して随分《ずいぶん》と彼等を悩ました観測陣地として働いた地であり、勇猛な寺井軍曹の戦死した地でもある。敵も我が軍も最も重要な高地だった。又歩兵部隊でも全歩兵部隊の崇拝する坂井軍曹も遂に敵中に突撃して名誉の戦死を遂げたと聞く。此の日、日の丸高地は遂に確保の手を離れて敵の手中に帰す。中隊長は松本大隊長の命令により日の丸高地の敵を砲撃したが、砲弾なき砲兵の無念は如何ばかり、攻撃は成功しなかった。中隊長の切歯無念の形相厳しきものがあったと聞く。

松本大隊長の十二月二十八日の記述に、つぎの如き、野砲埋没の命令に関する、重要な部分がある。大隊長が、日の丸高地の陣地視察をしながらに話した内容である。

――速射砲は一門を本部沼沢地水田の中に埋め、一門は増山分隊が持ち帰る準備完了す。作業は二十九日夜に終わっていた。野砲は二十八日夜、埋没作業終わり、中隊長は野砲は御紋章入りで軍旗と教えられ、又兵にも教えた者が今おめおめ生きては帰れませんと反論。私は平素の精神教育はそれでよい、この戦場の指揮官は私だ、私の命令に反抗するとあれば私は君を殺してでも兵を連れて帰る、むしろ敵を引き入れて軍の反撃の戦果を大にする手をやる好機と俺は決めた。四十日に及ぶ確保で大軍を牽制して任務を達成した。更に七生報国の意気が俺の決心、間違っていれば軍法会議でも堂々所信を述べ任務を果たし破損した砲も御紋章も御満足の筈、俺の命令にまだ従えないか。更に生きて大楠公精神で次の戦場に大勝を期してこそ本当の国軍将校だ。又帰って部下将校と相談して来いと帰し、すぐに結論を持って来いと命じた。三十分位で帰り、命令通りにしますと言うので九時三十分出発の準備を命じた。

右の、大隊長の記述にかかわる状況を、野砲兵陣地に移してみると、つぎのようないきさつになる。

野砲を埋没させよ、という大隊長の指示のあった時、玉井中隊長は、小、分隊長を集めて、

「砲兵といっても、いまや残弾も尽きた。大隊長は砲を埋めよ、といわれる。砲は軍旗と同様、砲を枕に討死したいと反論したが、命令である、と許されなかった。つぎの戦闘に埋め合わせよ、といわれる。これは大隊長の温情と思うが、いかにも無念である。なにか意見はあるか」

と、問う。

山田分隊長がいった。

「——出征以来二年有余です。光輝ある歴史に映え、我等が生命として頼む軍旗即《すなわ》ち火砲を離れて、果たして我等が生命存続の意味がありますか。何ぞ埋没するに忍びん、です。榴弾一発を砲身にこめ、自爆し、断じて砲を敵に渡しません」

と、強くいい張る。

玉井中隊長は、無言で涙ぐみ、いったん去ったが、正午を過ぎるころ再び幹部を集め、

「やはり、砲を埋めよ、といわれる。埋めさせてほしい。戦いは崑崙関だけではない。大隊長は、自分らよりも、さすがに器は大きい。泣き泣き、砲を埋めることにしよう」

と、いわれる。もはや、命令に従うのほかはなかった。

山田軍曹は、

〔遂に最後の時が来たのだ。歴戦の思い出とともに砲を埋めるのか〕

と、胸のうちで哭《な》きつつも、作業は急がねばならなかった。敵弾命中で砲架も裂けている第一分隊、標尺を撃たれて使用不能の第三分隊、山田分隊は弾丸があればまだ使用できる、だが、中隊長は土中に穴を掘って埋めよ、と指示された。山田軍曹は、少しでも使用不能にと、閉鎖器、標尺を抜きとって天幕に包んで他の場所に埋めた。第四分隊の砲は路上にある。輓馬《ばんば》もまだ残っている。輓《ひ》いて下る。

山田軍曹は、すべての処置を終え、つぎなる命令を待つことにした。

――敵は既に崑崙関の戦略上の要所を奪取、雀躍している様子がみえる。砲なき砲兵は悲憤の情に耐えるのみ。敵の戦車は、我が物顔に、歩兵を伴って本道上を進んで来る。

野砲隊は、最後の玉砕の決意をすべき秋《とき》も近いと思い、身辺及び陣地付近の整理を行なっている。

敵は、日の丸高地に拡声器を据えて、日本軍の戦意喪失を狙った放送を、あざやかな日本語で行う。かれらの放送は、日本内地における一般国民の疲弊、軍部の横暴など、厭戦気分を煽《あお》るのに懸命である。

田村山を除き、各高地は、既に敵の手中にある。敵は乱射、乱撃、銃砲弾がむやみに落下する。戦車はむろん横行する。野砲隊は食うに食なく、斃死した支那馬の肉を食って飢えをしのぐ。

山田軍曹らは、陣地麓の森にいたり、愛馬に袂別しようと考えた。最後の処置である。愛馬、分隊の輓馬の戦死あるいは負傷せるもの三分の二に及んでいる。山田軍曹の愛馬野雨号も、無惨に負傷して斃れた。黙々と戦線幾百里を、ともに馳駆してきた馬である。馬の死体に瞑目して祈る。

馬につけてある旅嚢から、重要書類を取り出して焼却する。分隊員たちもそれに倣《なら》う。ともに、見苦しくない死に方をしようと、誓い合う。食糧といえば、一袋の乾パンで一日を過ごしている。増援部隊も、大敵に阻まれて、九塘から先へは進めない。八塘付近を掃討中ときいている。

崑崙関北側隘路上に、残っている砲一門を布置、敵の来襲に備えている。

午後十二時、敵の手榴弾投擲隊が進出して来て、この火砲に対し手榴弾攻撃中との報告がきた。

中隊長は、直ちに、動ける下士官兵を連れて、砲側へ急ぐ。中隊長の率いる一隊は、敵兵を刺殺撃退する目的のもとに、山に登り、勇戦して敵を撃退している。敵は遺棄死体八を残して、逃げ去っている。

この敵襲と、応戦の決死行動では、当方には一名の死傷も出なかった。すさまじい野砲魂が、衆寡を越えて、敵を圧倒したのである。

9　暗夜の撤退行動

1

野砲隊が砲を埋めた時、松本大隊長は、

「敵の瞰視下に野砲四門弾なく、馬無く、人食無く、二十日を経たり。かくなる上は砲を埋めて歩兵となって戦え」

というのが、砲兵隊を励ます命令だった。

大隊長の意向としては、人事を尽くした、軍の本義は操典に則《のっと》ることではなく、手段を尽くしてあくまでも戦いに邁進《まいしん》するべきである、ということにあった。

崑崙関《こんろんかん》の激戦がつづくうちに、この大隊長の言葉は、典範令的な教条よりも、はるかに深い、人間的な意味をもってくるはずであった。

日の丸高地陥落について、歩兵第二十一聯隊の記録には、つぎの如く叙されている。

〔十二月二十八日の戦闘〕

1、午前九時三十分、第五中隊の一小隊（長・藤田少尉）に崑崙関西方本道西側の高地を占領し、田村山方面の敵に対峙させた。

2、十二時、波集団長（安藤中将）より左記電報を受領し、将兵の士気は大いにあがった。

「欽寧兵団ノ現下ノ情勢ハ克《よ》ク敵ノ死命ヲ制スルニ至ルコトヲ立証スルモノナリ本職ハ兵団将兵ノ比類無キ忠誠武勇ニ対シ満腔ノ感謝ト敬意ヲ表明スルト共ニ可能ナル範囲ニ於ケル最大限度ノ援助ニ勉メツツアリ願ハクハ死力ヲ尽シテ健闘以テ其重責ヲ全ウシ威武ヲ中外ニ発揚セン事ヲ」

3、敵は午後三時頃の砲撃の効果を利用して、我が右翼正面である日の丸高地に対し逐次肉迫してきた。敵の攻撃は執拗で夜間にわたって反復攻撃を加え、日の丸高地の一角は遂に敵の有に帰した。

4、この日戦線が錯綜したので聯隊副官（生田少佐）を第一線に派遣して、彼我の態勢を観察させた。

5、また午後六時頃には第二歩兵砲小隊及び追及駄馬が九塘に到着したので、聯隊本部付田中少尉に区署させた。

〔十二月二十九日の戦闘〕

1、第一線両部隊は防戦大いに努めたが、二十九日天明と共に敵の攻撃はますます猛烈を加え、激烈な砲火を日の丸高地に指向すると共に、これに膚接して優勢な敵が肉迫してきた。

2、午前十一時三十分、第十中隊の一小隊（長・川添少尉）並びに第一中隊の半小隊を松本大隊に増援した。

3、敵は午前十時頃よりますます兵力を我が第一線正面に増加して攻撃してきた。日の丸高地、津田山高地付近の敵は千五百名以上であり、地形の利を占める敵は潮の如く我が軍に対してきた。我が将兵はよく勇戦奮闘を続けたが、寡兵遂に及ばず午前十一時五十分日の丸、津田山両高地とも敵の手に落ちた。

4、松本大隊は日の丸高地の奪回のため突撃を敢行するが、頂上よりする敵の手榴弾と、東南方より瞰制する側防火のために死傷続出して成功せず、日没に至った。

5、午後四時頃、田村山付近にいた約三百名の敵は、我が第五中隊藤田小隊の陣地前方に攻撃してきた。

6、我が第一線各部隊は、夜間それぞれ陣地の奪回攻撃に努力したが、敵はますます兵力を増強し、全線にわたって夜襲してきた。我が第一線は日没時に於ける態勢をもって、敵を拒止し天明に至った。

日の丸高地の失陥については、松本大隊長の手記に、つぎの如く記されている。

――日の丸高地は混成一個小隊（第五、第七）足らず、また西に隣接する津田山高地は、第六中隊の津田少尉の指揮する一個小隊である。この両小隊を攻撃する敵は約千五百人であった。両小隊はこの敵の大軍に対して善戦敢闘したが、二十九日午前十一時五十分、全員戦死また戦傷を受けて、この両高地は敵の手に帰した。

思えばこの両小隊は、崑崙関の最先端にあって、寡兵よく十二日にわたって敵の猛攻に耐えてきた。壮烈というほかに言葉がない。

十二月三十日、午後二時頃には、約三千の敵は松本大隊（山口）と東大隊（濱田）の両正面を攻撃し、凄惨な死闘をくり返したが、両大隊は辛うじて陣地を死守し得た。

敵は折からの月明に、反戦の第一声を放った。この放送は、鹿地亘を隊長とする反戦工作隊のマイクから流れた。

この工作隊については、松本大隊長の書記として、つねに身近についていた有田伍長の述懐を親しく耳にしたことがあるので、その話の要旨を、ここで伝えておきたい。

「過去三年間の日中戦争で、捕虜となった日本兵のうち、積極的に対日反戦運動に従事した者があった。中共軍の、日本人民反戦同盟という組織があって、主として北部地方（河北、山西省ほか）で活動していた。

今回の作戦がはじまるや、十二月二十五日、同盟の西南支部が設けられた。第一線に出て放送、宣伝活動をしたのは、火線工作隊と呼ばれた。

十二月二十九日、工作隊は第一声を送った。夕刻戦闘で奪取したばかりの、血の匂いのこめる丘の上から、三百メートルも後退した日本兵を見下ろして、折からの月明の陰に拡声器が置かれた、声の主は元日本兵で、戦争による両国人民の苦難、いかに将兵が無駄な犠牲を強いられているかを強調し、第五師団の戦歴を追いながら、語りかけてきた。

〝君たちは軍閥や財閥のために戦っている。内地では、お母さんたちが帰りを待っている。無駄に死ぬようなことはやめなさい。君たちは包囲されている。明日には総攻撃が行なわれるから、それまでに降伏をしなさい〟

といった調子で、ひと息入れて、歌謡曲をまぜながら、放送をしていた。満天の星、皓皓《こうこう》とした月を仰いでは郷愁を誘う『月が鏡であったなら』が歌われる。

我が方が攻撃に出た一月下旬までの、比較的落ちついていた前線の毎夜に、放送していた。また、他の日本軍部隊への反戦ビラに、将兵の長期間の従軍生活、果たしていつ内地へ帰れるのか、不安の隙間を巧みについて、厭戦《えんせん》気分を狙うため、長い戦歴＝宇品では故郷の山河を眼の前にしながら、帰されることなく、遠くまで引っ張り廻され、南寧の地で多くの戦友が斃《たお》れたことが書かれていた。

もっとも放送の効果はなく、日本軍で動揺する者などはひとりもいなかった」

——崑崙関の戦闘は、日を追って激化の度を増し、各陣地は、これ以上守れば全滅のほかない、救援も来ない、支えきれない、という、ぎりぎりの場に追いつめられることになった。崑崙関の戦いの最終状況を『濱田聯隊史』の記述は、簡にして要を得た紹介をしてくれている。

〔十二月三十日の戦闘〕

1、三十日、敵は、天明と共に更に執拗に攻撃を開始し我が第一線に肉迫してきた。

聯隊はあくまでも富田山、望楼高地を固守し現陣地を確保する決意を固めていた。

2、午前九時三十分頃に至り、彼我の銃砲声が熾烈で敵は日の丸高地、富田山方面に兵力を増加し、更に望楼高地も包囲する態勢に迫りつつあった。

3、午前十一時頃、約八百の敵は望楼高地を包囲攻撃し、その一部は我が陣地内に進入するに至った。

4、第十二中隊長山内中尉は聯隊命令に基づき、午前十一時三十分、部下一小隊を指揮して、この敵に逆襲を敢行し、一時これを撃退した。

5、第一線はあらゆる困苦欠乏に耐え、奮戦力闘をつづけたが、遂に十二時頃に及び、望楼高地及び本道西側高地に、敵が進出するに至った。

6、午後二時以来、約三千の敵は松本大隊、東大隊の正面に雲霞《うんか》の如く肉迫してきた。そこで第十二中隊の望楼高地に対する逆襲を中止して富田山に進出させ、この高地を確保させた。

7、午後二時三十分頃に至ると敵は逐次兵力を増強し、前面の敵兵力は四百を下らず、我が第一線を砲撃しこれに膚接して肉迫すると共に、望楼高地及び本道上には戦車を併用する敵部隊が進出してきた。そのうえ田村山南方凹地付近にも約七百の敵が進入してきた。午後四時頃、約一個大隊を下らない敵が、田村山西方稜線を旭林山方向に南下した。敵は全線にわたって兵力の優勢を恃《たの》み、まさに我が軍をいっきょに押しつぶす勢いで、一斉に前進してきたのである。

〔十二月三十一日の戦闘〕

1、十二月三十日、敵の攻撃はますます猛烈で、その榴弾砲及び野山砲の射撃は的確であった。

これに対して、我が第一線将兵は悉《ことごと》く弾薬を射ち尽くし、敵の砲兵陣地のありかがわかっているけれどもどうすることもできなかった。

友野部隊は、我が陣地右側後の敵を攻撃中であったが、この正面は山地嶮峻であり、かつ頑強な敵の攻撃があり、俄《にわ》かに我が聯隊と同線に進出出来そうになかった。

いっぽう渡辺部隊もまた七塘―八塘間の敵を掃蕩中であって、我が聯隊を救援する態勢でなく、今村兵団の企図する攻勢の時期まで聯隊が崑崙関付近を堅持しようとすれば、必然的に全滅を覚悟しなければならないという、切迫した状況に立ち至っていた。

2、ここに於いて三木聯隊長は、我が右翼正面の戦線を整理し、一時敵の鋭鋒を避け、我が部隊の主力を今村兵団の企図する攻勢移転の時期まで健在させることを得策と判断し、この旨坂田支隊長（代理）に意見を具申し、その承認を得た。

3、三十日日没後、松本大隊がまず崑崙関東方の鞍部に戦線を整理した。

4、夜に入って、東大隊が崑崙関付近に戦線を整理した。

5、野砲兵中隊及び迫撃砲中隊も、崑崙関南側本道上に集結したが、敵が側背に近迫していたため、既に埋没していた野砲三門を掘り出すことが出来ず、かつ軍馬も大半死傷して輓《ばん》曳《えい》力に不安があるため、遂に野砲は埋めたまま、部隊を集結することを余儀なくされるという惨状であった。

6、三十一日零時、各部隊は転進準備を完了。敵はしきりに我が第一線の位置を捜索中であるとの報告に接し、速やかに転進することに決し、聯隊副官生田少佐を賓寧道に派遣して、第一線の転進を区署させた。

各部隊は三十一日黎明までに、九塘付近より旭林山付近に至る新陣地線に配備を完了した。

7、三木聯隊長は、黎明少し前に中武村公所に転進し、その後聯隊本部はここに位置した。
8、崑崙関付近には我が第一線部隊の転進後、有力なる敵部隊が進出してきたようであったが、敵は敢えて我が軍を急追するという積極的な行動には出なかった。
9、三十一日日没以来、敵は兵力を逐次第一線正面に増加して我が軍に肉迫し、同日夜半、東大隊正面の前進陣地を包囲攻撃してきたので、東大隊長は前進陣地の撤退を命じた。
同時頃に於ける敵の兵力は、前進陣地に少なくとも五、六百、旭林山方面に約八百、本道崑崙関付近には戦車を有する約一千名が配備されていた。

また、大晦日《おおみそか》のこの夜、敵は我が陣地正面にマイクを据えつけ、我が方に向かって盛んに日本の歌謡曲を放送し、また反戦の宣伝を繰り返した。

時には「自分は捕虜となった日本兵だが」と兵士達の望郷の念をそそるような放送も実施した。
10、同夜、第一線正面には終夜間断なく銃砲声が轟き、かくして歩兵第二十一聯隊は、その戦史に特筆すべき九塘付近の戦場で、昭和十四年を終えたのである。

2

右の深刻な事態は、当然、野砲陣地にも及んでいる。

野砲隊の状況は、第二分隊長山田軍曹の悲嘆と、その行動の中に現われている。

十二月三十日払暁から、敵はさらに死力を尽くして力攻してきた。敵は、日本軍各陣地の崩壊が近いとみて、勢いに乗っている。銃弾、砲弾、しきりなく落下する。

中隊長より、

「我が丘陵陣地を死守せよ」

との、特にきびしい示達がある。

午前十時頃、友軍の歩兵陣地衆寡敵せず戦死傷夥《おびただ》しい、午後二時には敵戦車我が陣地に迫る、迎え撃つ砲も弾薬なし、もはや最後の突撃の時期と、覚悟をきめ、分隊員とともに態勢をつくる。

その刹那《せつな》、友軍の海軍機来援、敵戦車に巨弾を浴びせ、命中、戦車の搭乗者は、戦車をすてて後退する。

敵は、陣地本道の東側にある、戦死傷者を収容する露天の衛生隊に、巨弾を浴びせてきた。

午後四時、歩兵第四十二聯隊本部より、

〝砲兵並びに歩兵は九塘付近に転進すべし〟

の、命令が来た。

中隊長は、我が中隊の陣地は敵の眼前に暴露している、それ故に夜間を利用しての転進をする、と命じられた。

〔ああ、出征以来二年有余、我らが生命とする火砲は、此の時敵の勢力圏内に埋没のまま残置するのやむなきか。砲兵は火砲と運命を共にせよとの砲兵操典に悖《もと》るものなり、いかなる勲功も、火砲を敵手に委ねた無念には及ばぬ、慚愧《ざんき》に堪えない、悔恨の涙をおさえ、崑崙関を後に、四キロ離れた九塘に退らねばならないとは〕

と、山田軍曹は嘆きながらも、転進の用意にかかる。

山田軍曹は、いよいよ撤退開始の時、中隊長の姿が見えぬので、当番の中村一等兵にきくと、中村は、隊長から預かったという軍刀を示してから、

「隊長殿は、拳銃一梃で、山へ登って行かれました」

と、いう。

山田軍曹は、とっさに、脳裡にひらめくものがあり、

「中村、一緒に来てくれ」

といい、中村一等兵とともに、中隊長の後を追う。行動が早かったので、中隊長はすぐにつかまえることができた。

中隊長を、呼びとめるなり、山田軍曹は、いう。

「隊長殿、軍刀を中村に持たせて、第一線に向かわれるのですか。お気持はわかります。でも、自分おひとりの戦死、あるいは隊を離れての自決のおつもりかと考えます。それでよろしいのですか。残された部下を路頭に迷わせてよいのですか。部下を忘れてもらっては困り

ます。部下も一体でここまで戦いぬいてきたのでしょう。全員が揃って戦死するまで、隊長でいてください。お願いです。山を下りましょう。みな待っております」

山田軍曹の、言葉は短いが、切実の思いは玉井中隊長の胸を刺し通したはずである。野砲埋没放棄の責任を、隊長がひとりでとろうとした気持は、山田軍曹にはよくわかっている。しかし、一刻を争う撤退の時である。

いま、なにがだいじか。山田軍曹は、必死の思いで、中隊長に、ひた、とさしむかい、一歩も退こうとしない。

中隊長は、しばし、苦しげに考えてから、

「そうか。心配をかけて、すまんな。もどろう。死にたかったのだ」

と、短くいい、先に立って、山を下りかける。

「隊長殿は、われわれがいかに善戦したかの記録の証人です。われわれは砲兵らしい戦いをしました。兵隊も砲も。砲は重要部品は抜きましたから、ただの鉄屑と思うてください。まだ戦いは終わったわけではありません」

山田軍曹は、いい残した言葉を、中隊長のうしろについて、いう。安心していた。引きとめられてよかった、と思うのである。中隊長の責任感の強さは、平素からよくわかっているのだ。

陣地へもどると、歩兵隊は、すでに撤退してしまっているらしかった。

埋めた三門の野砲はやむをえないとして、一門はなお本道上に残してある。これを輓馬に曳かせて撤退することになる。時刻はすでに深夜に近づいている。

「山田軍曹、撤退の指揮は山田軍曹が執れ」

と、中隊長が命じる。

「先任分隊長がいます。先任に申し付けてください」

と、山田軍曹がいうと、

「中隊長命令だ。がんばってゆけ」

と、いう。元気な叱り声だ。

〔隊長殿も、元の隊長にもどられた〕

と、山田軍曹はほっとして、

「はい、山田が指揮を執ります」

といい、撤退行動を開始する。

山田軍曹は、一門の野砲を、第四分隊長とともに守って、崑崙関を後にする。中隊長は最後尾を来る。暗夜の中、谷間を流れる小川のせせらぎのみがきこえる。黙々とした、重い足どりの撤退行動である。

野砲兵第五聯隊第二中隊が、九塘付近に到達したのは、昭和十四年十二月三十一日午前零時五十分である。十四年の大晦日ということになる。

払暁、中隊は、砲一門をもって九塘の北部落のはずれに陣地進入、放列を布く。大晦日の夜の、新たな陣地である。心を新たにして、弔合戦をしなければならない。反撃態勢をしっかり整えねばならない。

〔なんというつらい大晦日、そして元旦だろう〕

と、山田軍曹は、一門残った野砲の背を撫でながら、感慨を新たにする。

山田軍曹は、一門の野砲で戦うために、十三年兵の最優秀の部下を二番砲手とした。一発必中の助手である。

敵戦車が、四、五台連なって、九塘へ向かって来るのを、観測所が伝える。敵戦車は、野砲は無いと安心していたのだろう、その油断を狙って、我が砲兵は一台、二台、三台と、みごとに命中させている。九塘へ来て、砲弾の補充が出来、野砲隊らしい活躍を見せられたのである。

しかし、戦線が九塘に移っただけである。

新しい年の新しい戦いはどうはじまるのか。

――左は、山田軍曹の陣中日誌に記された、崑崙関戦における野砲兵第二中隊の、戦死傷者の記録である。

戦死者　十三人

負傷者　三十五人

軍馬の戦死傷　七十五頭
火砲　三門
弾薬車予備品車等　六車輛

10　山上よりの放送

1

山田軍曹による野砲兵第二中隊の死傷者数を前述したが、ここで広西軍の戦いぶりのすさまじさについて、少々付記しておきたい。

これは、昭和十二年徴集の古賀一等兵の従軍日誌による記事で、古賀一等兵は野砲兵第二中隊の一員として、崑崙関《こんろんかん》戦を闘ってきたが、そのいきさつである。

――我が野砲兵第二中隊は、玉井中隊長以下全員包囲されてもひるまず、三日間絶食といえども、玉砕の覚悟で放列陣地を死守した。戦うに弾薬なく、また砲も破損し三門埋没する。一門は戦車砲撃のため道路上に布陣した。

包囲が多少ゆるみ、九塘まで撤退(十二月三十日夜半十二時頃)。

自分は放列で、分捕ったチェッコ機銃をたよりに、生死の間を一つの壕に徳重、佐々木、石田らと、また段列山でも平谷軍曹とともに敵に対峙した。

精鋭な敵広西軍は、皇軍の歩兵操典訓練をされており、指揮官は抜刀して突進してきた。山岡君が頸部を負傷し、十五サンチ砲の集中砲火を浴びて愛馬が多数斃《たお》れる。愛馬はいとしき戦友なり、涙が出る。

この時の戦死者は福島中尉（観測小隊長）、千玉軍曹、中谷、升田、寺井軍曹、小川、西本、尾原、矢城、松本、平田、桜田ら十三名、民安軍曹、小西、山本ら以下三十五名負傷者を出した。

崑崙関陣地を撤退の時、野砲兵第二中隊の玉井中隊長が、単身、死地へ赴かんとするのを、山田分隊長があやうく引きとめたいきさつは前述したが、これと相似た事態が、歩兵第四十二聯隊松本大隊長と、大隊付の有田伍長との間にも起きている。

やはり、指揮官の責任感は、みな同じなのだ。

ことに松本大隊長の場合は、野砲隊の玉井中隊長の抗弁をおさえて、野砲埋没を命じたこともあり、一段と、痛恨の思いは深かったのかわからない。

中国軍の戦法は、猛砲撃の直後に手榴弾を投げながら接近し、督戦隊の吹き鳴らす喇叭《ラッパ》音とともに、喊声をあげてわが陣地に突入してきた、日本軍のように薄暮、払暁でなく、月明を利した夜襲が多かった、と、大隊付の有田伍長は話している。本部の中心にいる大隊長自身、再三にわたり、敵の突撃にひるまず、各陣地を励ましてきた。しかし、田村山は二十四日、田中第五中隊長戦死、迫田第一中隊長両眼失明の後全滅、二十九日、日の丸高地及び津田山も失う。

もはや、これが最後と決意した大隊長は、残兵の先頭に立ち、群がる中国兵の真只中へ突撃せんと身構えた。その時、有田伍長は、その大隊長の腰にすがりついて、刀帯（幅広のベルト）をつかんで、

「大隊長殿、しばらく待ってください、旅団が九塘へ入って来ます。今夜と明日が勝負です」

と、悲痛な声で叫ぶ。

有田伍長には、大隊長が、野砲埋没の責任をも、身をもってとるつもりのあるのを察しとっていたからである。

「有田、離せ、俺を行かせろ、戦車と相討ちをする」

といって、大隊長は昂奮して、有田伍長を突き放し足蹴にして先へ進もうとする。有田伍長は刀帯をつかんだ手を離さない。有田伍長は身体が大きく力もある。斬られても、拳銃で撃たれても、絶対離すまいと思ってしがみつき、必死に大隊長の壮挙（？）をとめつづけた。

大隊長に、ぴったり寄り添っていなければ、と、有田伍長も覚悟をきめている。緊迫した

時間はつづく。この間に小川第八中隊長、岩田第五中隊長の戦死も知らされる。九塘から崑崙関への、救援を念願していた塩田旅団（台湾混成旅団）も、七塘、八塘地区での苦戦がつづき、前進する余裕がもてず、南寧に到着している及川支隊の救援を待つ立場になっていた。及川少将の支隊は、二十四日に龍州より反転して南寧へ向かっている。敵の兵数があまりに多いので、何事も思い通りにいかない。

師団は、及川支隊が到着し、反撃に転じるまでの間、しばらく中国軍の鋭鋒を避けるため、崑崙関をいったん放棄し、右正面より二キロ、左へ一キロ後退し、陣地を布くことになった。これを十二月三十一日未明までに終えている。新陣地の左翼の主点は旭林山（歩二一の第十中隊旭林中尉）で、大晦日《おおみそか》どころか、年が明けても、激戦にさらされることになった。

かくて、彼我の銃砲声の入りみだれる中に、昭和十四年が終わってゆき、有田伍長は、大隊長を守って、後退陣地の一角で、十四年の大晦日を終えることになった。

——この、崑崙関よりの撤退事情を、松本大隊長の手記によって、さらに詳述しておきたい。十二月三十日から三十一日までの動向である。

——三十日は、終日敵の砲声に明け暮れた。坂田部隊（歩四二）を救援のため北上していた台湾混成旅団の林聯隊も、七塘—八塘間の優勢な敵に阻止されて前進出来ず、道路は完全に遮断されていたから弾薬、糧食の補給は続かず、弾薬を撃ちつくした第一線部隊は、敵の砲撃に対して、為すすべもなかった。

九塘から突き出して、崑崙関陣地を守備する松本（山口）、東（濱田）の両大隊は、すでに弾薬も食糧もなくなり、このままでは日ならずして玉砕の運命にあると思って三木聯隊長は、この両大隊の戦線を整理して、九塘付近に後退さすべく坂田旅団長（代理）に意見具申してその許可を得た。

松本、東の両大隊は三十日の日没、行動を開始して、敵に追尾されることなく後退した。

（この時の聯隊砲中隊柳沢上等兵の話）

「たしかに三十日の夕方でした。聯隊砲は急いで九塘付近まで撤退せよという命令でした。一門の聯隊砲はすでに故障しておりましたので、死んだ軍馬とともに壕の中に埋めてあったのです。これを掘り出すことは時間的に余裕がなかったので、そのまま後退しました。あの状況ではやむを得なかったと思います」

――十二月三十一日の夜明けまでに、各部隊は崑崙関より撤退して、九塘から旭林山付近に至る新しい陣地に拠った。

崑崙関付近のわが陣地には、後退後、中国軍の優勢な部隊が進出してきたが、その夜は積極的な攻勢はなかった。

崑崙関に進出してきた中国軍は、わが陣地正面にマイクを据えて折からの月明かりに放送を始めた。日本軍との距離は百メートル前後のところもあった。この鹿地亘の反戦工作隊の放送は、軍が攻勢に転移する前日の一月二十七日まで、毎日のように続くのだった。

一方、龍州地区攻撃中の及川支隊は、師団命令により十二月二十四日早朝、龍州から反転して所在の敵を排除しながら三十日正午ごろ、南寧に帰還した。師団長は及川支隊長に対して、九塘付近で苦戦中の坂田部隊の救援を命じるとともに、八塘付近にすみやかに新陣地を構築し、同地付近一帯の確保を命じた。

それは、一月下旬に行なわれる予定の、賓陽作戦のための拠点とするためだった。

及川支隊は一月一日早朝五時、自動貨車に分乗して北上をつづけた。幸いにも敵の抵抗を受けることもなく支隊長は正午ごろ、八塘に到着した。

敵は旭林山に重点を指向し、一部は旭林山西北端を占拠した。坂田部隊正面も攻防をくり返し、戦線は彼我錯綜して指揮は困難をきわめた。

八塘に進出した及川少将は、師団命令により坂田、三木両聯隊をも併せ指揮することになった。

一月一日夜半、旅団長は八塘から南寧の師団長あてに左記要旨の無電を打電した。

「――本日(一日)八塘付近の山上より各部隊の配備を視察せるところ坂田、三木及び台湾両聯隊は攻撃中に敵の包囲に陥る、各中隊、各大隊ともに二重、三重に包囲せられ、統一ある防禦態勢にあらず、左右前後し、このまま交戦を継続することは戦力発揮に不利なるのみならず、弾薬、糧食の補充も困難にして到底持久戦を行なうことを得ず、八塘付近に堅固なる防禦工事を施すことを絶対緊急事と信じ、元日夜も各部隊一斉にその背後の敵を突破し、八塘に集結すべき旨を命令せり。右全部隊を収容確保するため、山県歩兵聯隊と砲兵聯隊をもって元日日没までに右統一陣地を占領せしむ。負傷者は八塘に収容、自動車にて後送の予定なり」

2

戦場には、暮も正月もない。

山田軍曹らの野砲兵第二中隊は、一月一日の夜明けとともに、山上から流される中国軍の宣伝放送をきかされることになった。野砲一門だけを擁して九塘の放列にいる隊員たちの耳に、その放送の、実に明瞭な日本語が、いや応なくきこえてくる。

「――日本軍のみなさん、新年おめでとう。お年玉の砲三門ありがとう。世界で一番強いのが広西軍、二番目が広東軍、三番目が八路軍、四番目が日本六師団、五番目が広島五師団、如何に戦っても、五位では第一位には勝てない、太原戦で本隊はいなくなった、いまは補充兵ばかり、早く降伏して、子供のところへ帰ってやれ」

言葉が明瞭なのは、日本軍の捕虜を使っているのだろうか、と、山田軍曹たちは思う。マイクも性能がよい。口惜しいが、黙って聞いているよりほかはない。崑崙関からの撤退は、正直に、敗退といってもよい。第五師団野砲兵第五聯隊の輝かしい歴史に汚名を刻んだことは、中隊全員が胸の底の負い目としている。だが、将兵だれもの最善を尽くしたことは、師団長閣下以下だれもがわかってくれている。野砲兵第二中隊の健闘については、その熱闘をわかってくれる人も多いと思う。いまは耐えて報復の時期を待つとしなければならない。

中国軍のマイク放送については『熊本兵団史』には、つぎのように書かれている。

――敵は元旦以来拡声器でさかんに厭戦《えんせん》放送をはじめた。しかも、台湾部隊の正面で「日本の戦友諸君おめでとう、僕は去年中支で捕虜になった者だが、中国軍は親切で厚遇してくれる。日中両民族がお互いに殺し合うことを早くやめたい。諸君は正月というのに酒も飲めずモチも食べられず、そんな高い山のてっぺんで空腹をかかえて、なんだって同じ東亜民族間の殺し合いをやっているのだ。諸君、すぐ戦いをやめ山を下って降参してきたまえ。中国人はご馳走しますよ」

この放送は連日行なわれたが、わが将兵にはなんの反応もなく、おもしろ半分にきいていた。そのうち第十八師団などが上陸していよいよ南寧に近づくと、一月十九日からは、つぎのようにアナウンスしはじめた。

「――親愛なる戦友諸君、君たちのがんばりには中国軍はおどろいている。また君たちの後方から増援隊が近づきつつあることも知っている。しかし中国軍の兵力は日本軍と比較にならぬ優勢で、背後には四億の民がひかえている。僕は君たちの運命に同情するからこそあえて忠告する。即刻、武器をすてて降参したまえ」

この放送は、軍の攻撃開始前の一月二十八日までつづいた。一月下旬になると、日本軍も拡声器を使ってさかんに抗戦中止を呼びかけ、放送宣伝戦をくりひろげた。わが方のアナウンサーは、台湾旅団が輜重特務兵代りに使っていた南支出身の本島人であった。その後わが軍の攻撃や、近衛旅団の進出地域で、二人の中国軍服を着た日本兵が再投降してきた。取り調べてみると、前記放送にかり出されたことを自供した。

――また、松本大隊付の有田伍長の手記には、つぎの如く記されている。

――中国軍の放送には、時として、耳を欹《そばだ》てる内容のものもあった、ある日、「ぼくは県立〇〇中学の卒業だ。君らはもう十分に戦ってお国のために尽くしたのだから、いい加減にやめてこっちへ来いよ。中学の同窓生はおらんか。懐かしいなァ」

これをきいた〇〇中学卒の連中は、捕虜当人を先輩か後輩かと推理する一幕もあった。

この放送は、同窓生としては、決して忘れられないものであろう。

同窓生放送には、有田伍長は驚いたが、さらに驚かされる放送があった。放送に、軍隊調がそのまま使われていたのである。

「——申告イタシマス。一月×日崑崙関高地ニオイテ、ワガ○○師ハ、貴師団ヨリ、三八式野砲一門オヨビ付属品ヲ異常ナク受領イタシマシタ。茲ニ謹ンデ申告イタシマス、終ワリッ」

これをきいていた者たちは、さすがに言葉を呑んで、シンとなった、という。しっかりした軍隊調、上番者（勤務に立つ者）が上官にその旨を告げる報告口調なのである。それだけに異様な実感があり、軍務に在る者にはそれが電流にかかるようにわかるのだ。日本兵の捕虜で、効果をはかって、精一杯の演技をしたのである。

捕虜兵が、どういう心境で放送したにせよ、聞いている側の者は憮然とする。野砲兵にはとくに身にこたえる。砲兵隊は、いずれ砲をとりもどす、という気持があって、山を下ってきた。事を隠密に運ぶために、負傷馬は谷間に放した。

砲の埋没について、大隊長は聯隊長を介して、師団長に、次の所信を披瀝している。

一、野砲と聯隊砲の中隊長、小隊長は、大隊長の命令に従ったまでの処置である。従って全責任は大隊長にある。

二、仮に中隊長、小隊長を処罰するとなれば、大隊長の命令に背いて、火砲と運命を共にすべきであった、ということになる。これは軍紀の崩壊である。

三、戦場では、いかに精神主義を唱えてみても、不可能なことは、あくまでも不可能である。

松本大隊長の部下を思う真情に接した師団長は「全てを不問に付す」と即決した。

これより先、砲が奪われたことを知り、取り戻す、と、砲兵第三中隊長は、錯乱したようになった。そのため、自決防止の監視兵がついている。

一月一日、堀毛砲兵聯隊長は師団長に対し中隊の生存者約六十名の先頭に立ち、砲を奪い返すために突撃する、と、その許可を願い出た。その時、師団長は同意をせず、

一、埋没の砲は破損甚しく今後は使用不能。

二、死傷者多く搬送は不能であった。

三、砲兵聯隊長が敵中に突撃すれば、被配属の三木部隊も見過ごすことはなく、突進する。かくては戦線は混乱し作戦目的を逸脱することになる。

四、責任の順位は第一に師団長、ならびに歩兵聯隊長、次が貴官である。

といって、頑として許可せず、なおも悲痛に決意を訴え、死を以て責任をとろうとする聯隊長を、師団長は諄々《じゆんじゆん》と諭《さと》している。聯隊長も飜意し、将来を誓って断念した。のちに月末の大反撃賓陽作戦で、部下砲兵隊員の活躍は目覚ましいものがあった。（これはのちのことだが）松本少佐を不問に付した決裁といい、さすがに太平洋戦争中においても屈指の名将と仰がれ、多くの部下将兵から慕われた今村将軍のこの統率ぶりは、第五師団将兵の語り草となっている。

これものちのことになるが、野砲埋没に関して重要な記録があるので、左に引用しておきたい。『広島野砲兵第五聯隊第二中隊日支事変戦闘概史』の山田房夫氏の巻末の追記である。

――私は此の第二中隊戦闘概史を書いて、今一つ非常に悪い、嫌な事が心の底に残っていることがあるのです。如何《いか》に拭っても、拭っても一生忘れられない事であります。

昭和十五年一月一日の夜、聯隊長堀毛一麿大佐が、一人こっそり、師団司令部に赴き、師団参謀に逢い『私と第二中隊の残存将兵と共にあの残して来た三門の大砲を奪回に行く事を許すよう、師団長に進言して欲しい』と申し出たのです。勿論之は第五師団長にも、今村均氏著『一軍人六十年の哀歓』にもはっきり載っています。如何なる意図、魂胆があったのか？　私の僻《ひがみ》からすると、軍旗にも匹敵する砲を奪われた、或は埋めて放棄した将兵は当然死を以て軍にお詫びをするのが当然だ、故に彼等を連れて全員死を与えるべきだ、との堀毛聯隊長の意図か、或は彼は上司に自分の発言で一点取り戻そうかと小才を利かしたのではなかろうかと疑いの晴れない所のあることであります。

生き残りの将兵と野砲兵五聯隊全員を以て奪取出来るものなら、何故あの死闘の中へ敵中突破して砲弾を十二分に補給しなかったのか？　と反問したいのです。前面の敵は如何程居るかそれを摑んでの奪回計画であるのか？　伊藤正徳氏は、敵を把握していました。『軍閥興亡史』に北正面は白崇禧の第二十六集団九ヶ師、南正面は張発奎の第十六集団四ヶ師、東正面は李宗仁の三ヶ師、西正面は陳誠直率の第三十八集団八ヶ師、戦略予備四ヶ師。それに重砲五ヶ大隊、野砲三ヶ大隊、山砲七ヶ大隊、対戦車砲一聯隊、機械化部隊一聯隊という内容のものであった。

これに対して砲三門奪回を口にして自分の名声を挙げるためか？　軍紀に違反した砲兵一ヶ中隊の生き残り六十余名に死場所を与えようとした意図がどうしても判断がつかない。我が戦史中に或人が書いていた、誤射か、命令か我々の追撃の山砲の後に弾が来た、と。堀毛一麿氏が御存命なら今からでも逢って聞きたい一念は私から去らない。

＊

十二月三十一日の、九塘への撤退は、敵の意表を衝いてひそかに行なわれたため、敵に気付かれることなく成功した。

もし中国兵が、日本軍の一斉後退を察知して襲撃したならば、おそらく各所に全滅したであろう。小兵力であっても、高地に拠り壕を深くすれば、数倍の相手に対しても相当期間は持久できる。平地の遭遇戦ではそうはいかない。

夜には、暗闇という神が援けてくれる。この神様が同士討ちを誘って、大混乱させてくれた。藻《も》抜けの陣地を知った中国兵が、大騒ぎしながら、日本兵が脱出したと覚しき方向に盲目撃ちをする。暗夜の鉄砲。反対側斜面麓に伏して、日本兵が脱出したとは露知らぬ中国兵は、撃たれるので撃ち返す、撃ち合いはやまず、同士討ちに気付いたのは、朝日がのぼって

から、という次第である。（秋山博『槍部隊史』〝崑崙関の放棄〟より）

同士討ちが、このように激しく行なわれたのも、つまりは、日本軍の抵抗が、それだけ頑強であったことの証左である。彼我入り乱れての混戦がつづいたからである。

11　賓陽作戦

1

崑崙関《こんろんかん》及び九塘、八塘その他の戦闘は、年が明けても、かわりなくつづいている。ただ、撤退した部隊は、後方の補給を得られるので、崑崙関陣地に包囲されていた時とは、かなり状況は違っている。

一月一日に、崑崙関最後の陣地、旭林山陣地の西南の一角を確保していた室田小隊が陣地を奪われたが、翌二日には、昨日の陣地を占領すべしとの命を受けて、午後九時三十分に発進している。友軍の野、山砲及び各砲は、一斉に協力援護を開始し、これによって室田小隊は、再び陣地を占領している。しかし、室田小隊長は戦死した。

この日、十時十五分には、敵は戦車を本道上に向けて進んで来たが、わが速射砲が、たちまち先頭の二台を擱坐させている。弾薬、糧食の尽きていた崑崙関陣地とは、気勢が違うのである。

敵も、ひるまず、午後二時には約六百の敵が、第二大隊（宮本少佐）前面に襲来、猛烈な砲銃戦となり、夕刻には、一万五千の敵が押し寄せて来る。歩兵第二十一聯隊は、予備隊まで動員してこれに応援している。迫撃砲弾は、聯隊本部付近に際限なく落ちつづけた。

敵は、なにしろ、兵力の交代が可能なので、入りかわり立ちかわり、攻めてくるのだ。

一月三日も、旭林山は、千数百の敵の銃砲撃にさらされる。第二大隊も、約五、六百の敵との交戦に懸命になる。

三日の午後になり、

――三木部隊は古寨に集結し、爾後の準備をせよ

という、坂田支隊長よりの命令を受領して、八塘まで後退した。新たな攻撃準備を整えるためである。

第一線の両大隊は、午後十一時に現陣地を撤収し、帯剣、飯盒などは藁《わら》で包んで防音の処置を充分にし、隠密裡に行動を開始、厳に企図を秘匿し、まず中武村公所聯隊本部の位置に集結したあと、零時頃そこを出発、田中少尉の先導により八塘を経て、四日午前七時三十分古寨に転進した。

敵は、わが第一線の転進を察知せず、無人の陣地に対して、猛烈に砲撃し、手榴弾を投げつづけた。

転進中の将兵は、振り返っては、その攻撃のすさまじさをみた。

一月四日、聯隊は古寨において大休止のあと、午後一時、古寨を出発、八塘、七塘間の稜線に沿う地区の敵を掃蕩し、午後七時十分、七塘に到着、大張村に宿営した。

一月五日、聯隊は午後八時に大張村を出発、夜暗を利用して、南寧に帰還、今村師団長の直轄となった。

ここにおいて、崑崙関、九塘での防禦戦闘に、模範的勇戦をつづけた歩兵第二十一聯隊も、その任務をいったん終え、さらにつぎなる、報復戦の準備を急ぐことになった。

歩兵第四十二聯隊第二大隊の撤退については、やはり、松本大隊長の手記に頼るのが、もっとも便宜のようである。

――一夜が明けて、一月四日となった。正午ごろ及川少将は師団長に打電した。

〝天佑により転進に成功し、払暁時までに山縣部隊収容陣地内に集結することを得たり。負傷者約三千人は日出前に七塘を出発せり〟

一月二日午後六時、及川少将は九塘の一線にあった坂田聯隊長に対して、

〝明一月三日、日没とともに行動を開始し、八塘南側の既設陣地に集結すべし〟

という命令を下達した。

坂田聯隊は午後八時行動を開始した。患者を最優先とし、野砲、坂田聯隊、三木聯隊の順に撤退を開始し、一月四日払暁までに概《おおむ》ね所命の地点に集結を終わった。中国軍はこれらの部隊の撤退に気付かず、無人の陣地にさかんに砲撃をつづけていた。

坂田部隊は、一月四日夜明け前に、八塘西方二キロ付近に撤退した。その後は、後方補給路の確保のため七塘、八塘付近の敵との戦いに明け暮れた。

濱田聯隊は一月六日、南寧に帰還して師団長の直轄となった。

南寧戦の前半は、歩兵第二十一旅団（濱田、山口）が戦う、後半は歩兵第九旅団（広島、福山）がこれと交代して、八塘付近で激戦をつづけた。

南寧戦の激戦地は、九塘、崑崙関付近の攻防にあった。

濱田聯隊の戦闘詳報によると、昭和十四年十二月十八日、崑崙関の戦闘から撤退した翌年の一月六日までの二十日間の戦闘で、濱田聯隊（歩二一）は、聯隊長以下千四百四十九人が参加しているが、戦死傷者六百六十七人で損耗率四十四％、坂田部隊（歩四二）の第二大隊は松本大隊長以下九百五十五人中戦死傷者四百四十七人で、損耗率は四十七％であった。松本大隊では、とくに将校の死傷が多く、参加将校二十五人中戦死十一人戦傷十一人で損耗率は八十八％であった。

崑崙関付近の小さな高地をめぐって、いかに激戦が展開されたかがうかがい知れる。

歩兵第二十一旅団（濱田、山口の両聯隊）と交代して、八塘付近を占拠した及川少将指揮の歩兵第九旅団（広島、福山）に対して中国軍は、連日に亘って猛攻を加えた。敵は八塘正面に重点を指向していたが、逐次七塘、六塘付近に大部隊が進出してきた。七塘付近に後退した坂田部隊は、この進出してきた敵と連日凄惨な死闘をくり返していたが、一月十九日、師団命令により南寧に帰還した。

聯隊は、聯隊本部を南寧の郊外西門付近に、渡辺中佐指揮の第一大隊は南寧の北方大高峯付近の高地を占領して同地の警備をした。

松本少佐指揮の第二大隊は、南寧の西砲台山付近を警備し、第三大隊は大隊長鈴木少佐が九塘で戦死したので、第十二中隊長阿部中尉が大隊長代理となって、主として四塘、五塘付近の守備の任についた。

八塘付近の及川旅団は、優勢な敵に包囲せられ、補給も意の如くならず、弾薬糧食欠乏し、兵士は山野に自生しているタピオカを求めて、わずかに飢餓から逃れていた。

一方、この救援のため、一月十一日から一月十三日の間に、欽県に上陸した桜田少将の近衛混成旅団は、所在の敵を撃破しながら、一月二十二日夕刻までに、南寧に集結を終わった。

一月二十三日、軍司令官安藤中将は、広東から戦闘司令所を南寧に推進して、翌二十四日十時、攻撃に関する命令を下達した。

兵団は、軍命令に従って行動を開始した。

久納中将の第十八師団は一月二十九日、小雨のそぼ降る中を南寧東北六十キロ、永淳付近から迂回して敵の左翼を攻撃、桜田少将の近衛混成旅団は六塘を攻略後、七塘西方より北進し、両兵団とも賓陽《ひんよう》に向かい進撃した。

敵は全般にわたって退却しはじめた。

二十四日の朝早く、久納、桜田の両兵団は、敗敵を追って賓陽付近に集結した。安藤軍司令官は同日午前十時、幕僚とともに賓陽城に入城し、午後八時には各兵団に対して、兵団は反転して南寧付近に集結すべし、という命令を下達した。

第五師団方面では、八塘付近を確保していた及川旅団は、久納、桜田両兵団の北進とともに、二十九日の午前十一時、西北に向かって攻撃を開始した。

三十一日には歩兵第十一聯隊（長・山縣大佐）は八塘西北方の高地を攻略、歩兵第四十一聯隊（長・納見大佐）は二月三日、崑崙関を奪回した。歩兵第二十一聯隊（長・三木大佐）は一月二十八日四塘に集結、二十九日馬鞍山を占拠、その後六十キロの敵の縦深陣地を突破して九塘北側の高地に進出した。

坂田大佐指揮の歩兵第四十二聯隊は、渡辺中佐の第一大隊が五塘、松本少佐の第二大隊が三塘付近を攻略し、二月四日より西北進し、七日には大高峯北方の敵を撃破し北上を続け、台湾混成旅団と協定しながら武鳴地区を占拠した。武鳴占領後、師団命令により、二月十日、南寧に帰還した。

一月二十八日から二月六日までの、この作戦が、いわゆる賓陽作戦と呼称されているが、南寧作戦のしめくくり作戦ともいわれ、賓陽付近の敵主力に大打撃を与えて、戦歿した多くの戦友の霊をなぐさめた戦闘であった。

この作戦終了後、南寧防衛の第五師団は、南寧市街周辺に新たに防衛陣地を構築した。それは延長約十二キロに及ぶものだった。

賓陽作戦は終わったが、七塘、八塘付近の残敵は、高地に拠って抵抗をつづけていた。坂田部隊は、二月二十四日からこの残敵を掃討して、二十八日、南寧に帰った。

昭和十五年二月九日、大本営は第二十一軍の戦闘序列を解き、新たに第二十二軍と南支方面軍の戦闘序列を令し、支那派遣軍の戦闘序列に編入した。

第五師団と近衛混成旅団、台湾混成旅団が、新設の第二十二軍の隷下に編入された。

崑崙関山地では、包囲網に縛られて、防戦一方であった第五師団も、撤退後、態勢を建直し、第十八師団、近衛混成旅団等の増援を得て、報復作戦に移ると、実にめざましい進撃をつづけて、敵をいたるところに駆逐し、賓陽城を占領している。この賓陽作戦は、崑崙関で勇壮に戦い、戦死傷した将兵の無念を、たしかに、申し分なく晴らしたといえるだろう。

賓陽作戦がはじまり、賓陽城に入城した時、安藤軍司令官は、松本大隊長より、親しく当時の崑崙関の戦闘経過の報告を受けた。

この時、大隊長の報告が進むにつれ、感きわまった大隊長は、各高地の方を指さして指先はふるえ、説明は訥々として、万感胸に迫るのか、言葉がつまずく。

軍医部長は心配して、安藤司令官に耳打ちすると、司令官は、

「大隊長、もうよい、わかった、それまで、もうよい」

とくり返して、大隊長の言葉をとどめた。

聞くほうも、胸のつまる思いであったのだろう。まわりに立つ高官たちの思いも、同様であったろう。幼児をなだめるが如き、司令官の態度こそは、南寧作戦崑崙関の戦いの真実を、そのままに伝えたのである。


賓陽作戦の時、野砲兵第二中隊は、中国軍から鹵獲《ろかく》した山砲四門を急速に訓練して、作戦に参加し、再び、崑崙関の土を踏んでいる。

この時、さきに砲を埋没させた山田軍曹は、万感の思いをもって、埋没した地点をさぐったが、むろん、砲そのものはなかった。ただ、第二分隊が分解して他の場所に埋めた天幕包みの閉鎖器は、赤錆は出ていたが、そこに残されていた。

撃芯は、裸のまま埋めたので、銀色に光ったまま残っていた。嬉しかった。野砲の部品を手にしつつ、山田軍曹は、

「弔い合戦は成功した。しかし、死んだ仲間は還らない。どうか成仏してください」

と、旧陣地に、手を合わせたのだった。

2

南寧作戦は、あまりにきびしく、長期にわたっての激動と、栄養失調のため、将兵はだれも痩せ衰え、南寧へもどって急に白米定量の倍の食事を与えられても、下痢をつづけるのみで、容易に体調は回復しなかった。

野戦病院には、傷者四千五百名が収容されていて、竹皮製の粗雑な敷物に横たわっていた。このさまは眼を覆うばかりで、師団長は指揮官の士気を阻害させるのを惧《おそ》れて、将校の立ち入りを禁じたほどであった。

二月二十九日、賓陽作戦終了後、支那派遣軍総司令官西尾寿造大将が南寧を視察した。堵《と》列《れっ》した兵隊たちの双眸《そうぼう》は、炯々《けいけい》としているが、冷たく燃える眼で、それは、狼の眼に似ていた。精神力だけで戦いぬいてきた兵士たちの眼の輝きである。痩せ尽きながらも、全身に燃えている壮気。

寡黙、冷徹をもって知られた西尾大将は、涙を拭い、師団長に、

「どうか、これらの将兵を肥《こ》やしてくれ」

と、それだけをいい残して、立ち去っている。

師団の合同慰霊祭は南寧で行なわれたが、故陸軍中将中村正雄（元旅団長）以下千百十六

柱の英霊よ安かれ、と、残る兵士たちは、胸を熱くして、英霊の冥福を祈っている。

第五師団並びに、台湾混成旅団の武勲に対しては、軍司令官より感状が授与されている。

賓陽作戦の実状について少々補足すると、久納師団（十八）と桜田混成旅団が増援されて、日本軍は倍増、しかも新鮮な戦闘力を擁することになった。

南寧に近い四塘から八塘付近にかけて、左より塩田、岡本、桜田、及川の各旅団が並列して形を整えた。歩兵第二十一旅団は中村少将の戦死したあと、岡本鎮臣少将が後任になっている。別に、最左翼に、独立して、坂田聯隊が大高峯隘路に出ていた。

一月二十八日午前、総攻撃開始。

久納師団は、わが最右翼を遠く右に大迂回して急進し、中国軍の側背まで深く突進するという、もっとも困難な任務を負った。包囲撃滅戦のため、北側の壁の役を受け持ったのである。

大兵力を恃《たの》む中国軍は、頑強に抵抗したが、わが軍はつぎつぎに撃破して前進、三十一日昼、賓陽から増援南下する敵二万を空爆し、大打撃を与えた。

二月一日、賓陽の第三十八集団軍総司令部の建物に、爆弾が命中したので、高級指令系統が混乱し、下部の中国軍司令部は縦横の連絡なく各個に動いて、急速に戦力を弱めた。

わが軍の二重包囲網が、次第に締めつけをきびしくしたので、二日には退却しはじめた。

わが第二十一独立飛行隊は、密集した大部隊を攻撃し、蜂の巣をつつく形となった。また、退却路の橋梁をも爆砕している。夜を徹して前進した桜田旅団が二日夕に賓陽に突入し、久納師団はさらに北方の鄒墟を占領、二重包囲の中に中国軍二十五個師を捕捉した。ここに大撃滅戦が展開し、四日までつづいた。

敵の遺棄死体二万七千十四、鹵獲戦車十九ほかの大戦果をあげた。しかし、第五師団でも、歩兵第四十二聯隊の第三大隊長鈴木少佐の戦死以下、相当の犠牲は出している。

かくて、二月八日反転開始し、十三日には南寧付近に集結、久納師団は広東に帰還し、桜田旅団は残ることになった。

久納師団に参加した一下士官は、南寧から約一週間、敵の背後に廻るということで、小休止ばかりの不眠の連続行軍には疲労がひどかったが、このおかげで、大包囲戦に勝利をあげ、疲れはそのまま痛快な気分になった——と語っている。

歩兵第二十一聯隊もまた、敵中に勇猛果敢に突入して、前進を重ねているが、その戦いぶりの一端を、一、二『濱田聯隊史』より抜粋してみる。日本軍は、圧倒的に勝利は収めたが、将兵の血みどろ汗みどろの健闘あっての成果であることはいうまでもない。

左は、第一中隊長藤井中尉の手記。

〈二月二日〉午前九時、中隊は左第一線となり抜鑿嶺の攻撃を命ぜられる。標高三千フィートの峻険なる山頂の敵を昼間攻撃するには奇襲以外になしと判断し、特に峻谷を選び困難を覚悟して岩石をよじのぼり、じりじりと山頂に迫る。銃砲声あたりにこだまして耳を聾するばかりなり。

十二時、まさに山頂に達せんとする時、後方より「中隊長——」と呼ぶ者あり。みれば軍曹が息を切らして登り来たる。「中隊長、みな腹がへって歩けないといいますが、飯を食べ させましょう」という。突撃間際の腹ごしらえも必要かと考えたるも、山頂を目前にして飯を食っておれず、しばしの我慢と一歩一歩よじ登る。

突如「敵だっ」と前方の斥候が叫ぶ。「なにっ」昂奮と緊張で拳銃を握りしめ山頂に駈け登る。斥候の指さす反対側斜面をみてあっと驚愕す。数百名の敵が山頂に登りつつあり。チェッコ銃をかつぐ兵を先頭に、遥か山脚まで蜿蜒と続きあり。「撃てっ」銃声と手榴弾の炸裂音が轟然と谷々にこだまし、一瞬にして谷は修羅場と化す。悲鳴をあげて谷に転落する者、チェッコ銃とともに吹っ飛ぶ者、凄惨をきわめたり。

かくして、敵に一歩を先んじたることにより、数百の敵を殲滅し得たり。わが中隊の兵力はそのときわずか三十六名なるのみ。思えば昼食を中止して前進し、僅か数分が勝敗の岐路となりしなり。もし敵が五分早く山頂に達し得たらば、中隊は全滅したるならん。敵を撃退して山頂に立てば、四囲の連山を見下ろして、一大パノラマをみる如く、踏み越え来たりし四塘、八〇〇高地とともに遥かに賓陽の山々を望む。見下ろす山々は彼我激戦の修羅場と化し、砲声殷々《いんいん》砲煙は山々に上り、あたかも天界より大演習を観戦するが如し。

かくて中隊は抜鑿嶺を抜き左の如く打電す。

〝中隊八十二時三十分抜鑿嶺ヲ占領ス、思隴墟ハ眼下ニアリ、遥カニ賓陽平野ヲ望ミ士気軒昂タリ〟


南寧作戦において、台湾混成旅団の活動ぶりについては折々に触れてきたが、賓陽作戦の時は、台湾旅団は南寧から一路北進、石灯嶺を陥《お》とし、二月三日には、賓陽西方十キロの思隴墟を占領した。

台湾旅団は、思隴墟で休息する遑《いとま》もなく、武鳴作戦に出撃せよという命令が下りた。台湾旅団は二月六日朝から行動を起こし、彖良及び天馬墟付近の隘路を押さえている敵を撃破し、これを追撃して七日正午、馬頭村付近に進出、渡辺部隊は七日正午、朗村付近に進出、ひきつづき、巴橋墟付近の敵陣地を突破し、爾後林部隊は右縦隊、渡辺部隊は左縦隊となり、終夜にわたる夜間進撃を続行して、八日、武鳴城を攻撃占領して、同地の敵を撃滅した。

武鳴作戦における敵兵力は約五千で、遺棄死体千三百七十。わが旅団の損害は戦死十六、戦傷七十七である。

かくして、賓陽、武鳴両作戦を終えた台湾旅団は、十日南寧に帰還し、左の新たな任務についている。

＊南警備隊（欽県）台湾山砲兵聯隊と歩兵一大隊

＊中警備隊（小薫墟）台湾歩兵第二聯隊と山砲兵一大隊

＊北警備隊（大塘墟）台湾歩兵第一聯隊と山砲兵一大隊

あとがき

この集は、「新・秘めたる戦記」シリーズの第五巻目になる。

収録作品はノンフィクションだが、戦話集の形に整えているのは、たぶん百年より後の世代の方たちが、何らかの事情で、日中戦争及び太平洋戦争の、それも底辺で戦った将兵の生き方、戦い方、死に方を知りたいと思われた時に、恰好の資料として利用してもらえるように考えての、作者の執筆姿勢だからである。

ただ、一般の人にはなじめない軍隊用語が出てくるが、これは仕方がないので、かまわず読んでもらえれば、戦場での人間的実感、極限の場に存在している兵隊たちの気息は、うけとってもらえるはずである。それなくしては戦話集を綴ってゆく張り合いも、意味もない。

戦中世代は、あと何年かで、この世から姿を消してゆく。むろん、作者の私も。みんな戦死なのだ、と、私は思っているし、同世代者も、そう思って、眼をつむることであろう。あんなに苦労したのに、この世では報われなかったな、と、少々微笑して。そうして、それでいいのだ、と、みんな、それぞれに納得はしている。ほんとにみんな、いいたいことを、孫にさえいわなかったのだ。

収録作品に、少々解説を添えたい。

「南京城外にて」

右の作品は、河村性司氏の「激戦の山西」を資料としている。河村氏のことは、このシリーズ第二巻の「あとがき」で、かなりくわしく触れているのでここでは触れない。河村氏はすでに故人である。しかし、こうした戦話集の中では、生き生きと語っていられる。

南京城攻略戦の時、日本軍によって三十万人が虐殺されたという説があって、それを信じている人もいる。南京攻略戦は、守る中国軍より、攻める日本軍のほうが多く出血しているのではないだろうか。ラッパ手岩崎上等兵はそういっているのだ、と思う。日本軍が南京城へ攻め込んだ時は、中国軍はほとんど逃げ去ってしまっていた、という証言がある。

私は、光人社の牛嶋義勝出版部長と、以前、所用で、南京上流の馬鞍山から上海まで自家用車で走ったことがある。途中、南京と無錫に泊まり、南京では虐殺記念館も見学した。中国には中国の事情があるのだし、三十万虐殺を喧伝されるのは致し方もない、と、私にしろ戦中世代にしろ、中国へは同情的な理解をしていると思う。従って、戦中世代は、声を大にしては、その不当を叫ばないのだと思う。ただ、中国には、他国にはない〝大国の襟度〟というべき国家的風格のあることを私たちはよく知っているので、少々残念に思いはする。日中戦争で中国に身を置いた兵隊は、何らかの意味で中国の歴史、風土、風習、文化、人情等に感化されているはずと思う。中国は、体制がどのように変化しても、本来、伝統の深さ長さによる影響力を蔵している。

「板室兵長の体験」

「新・秘めたる戦記」の第四巻は、この巻から巻毎に表題がつき「大浜軍曹の体験」となっている。この巻の「板室兵長の体験」の資料は独立混成第五旅団（桐兵団）の戦友会発行の「安邸」に拠っている。独歩第十六大隊関係の記録で、本篇の主人公板室光久氏は部隊史の編集委員である。板室氏の体験もずいぶん変転を重ねるが、館陶事件で厄に遭った菊地一等兵（元軍曹）の話は考えさせられる。館陶事件のことは、私は、さきに刊行された「秘めたる戦記」の中の一挿話でも触れている。私は、衣兵団の折田参謀とは何度かお会いしたが、この方は、対八路戦については、もっとも秀れた見識を持っておられた。旧陸軍には不合理なことが随分多く、菊地一等兵のような犠牲者も多い。板室氏は現在も健在で活動していられる。因みに、私は板室氏より年次は古いが、同じ第四十一師団に身を置いた兵隊の一人である。

「さらば青島」

この作品は関谷時男氏の終戦時の体験である。関谷氏は前述の板室氏と同じ桐兵団の人で、ともに戦友会の世話をされ、刊行物の編集にもかかわって来られた。私は関谷氏からは、対八路戦について、なにかと教示を受けたが、山西、山東、河北ほか八路軍と戦った日本軍は、終戦後、八路軍から武装解除を迫られ、それを拒否したので戦闘状態になったりしている。この作品も背景にはそうした事情がある。この作品では、米軍の日本兵への蔑視の状態が描かれ、敗者のつらさを身に覚えさせられる。ただ、青島そのものは実に美しいお伽の国のような町である。

「南寧作戦」

右の作品は、収録枚数の長さにおいては、このシリーズ第二巻の「東寧重砲兵聯隊の最後と勝鬨陣地の徹底抗戦・野に薫る勇魂」に匹敵するが、その内容の悲壮凄烈さにおいても相通じている。ただ「南寧作戦」は昭和十四年末なので、多少の息抜きはある。広島兵団は、寸暇もなく戦場暮らしをさせられた、それだけに苦労も多く、犠牲も多く、しかし語り残さねばならない美談も多い。「崑崙関の戦い」は狭い丘陵地での短い期間の戦いだが、戦記としては実に多くの内容と意味を持っている。

第五師団を母胎としている第七十師団（槍兵団）とは、私は事情でつきあいが深く、山口県下で催される戦友会の集いには、たいがい出席させてもらった。槍兵団を材にした戦話もいくつかあるが、この部隊には第五師団に所属し、崑崙関で戦った生き残りの方が何人かいて、戦友会の時になにかと体験もきき、資料や個人ノートも預けられたりもしている。

槍兵団の独歩第一〇五大隊戦友会の会長をされている北九州市の橋本榮氏は、私より何年か年上の方だが、お元気で、南寧作戦についても、なにかと執筆上の配慮をしていただいた。また橋本氏の身近の秋山博氏は、この作戦関係の資料類の貸与、及び生存者の紹介などもしていただき、ともかくありがたいことであった。秋山博氏は軍事研究家として知られる。

橋本榮氏、秋山博氏のほかに、お世話になった方、またかかわりのあった方のお名前と関係事項を、左に記して謝意を表しておきたい。

＊山田房夫氏＝川西市在住の野砲兵第五聯隊第二中隊所属。足が少々ご不自由だがお元気。直接の体験談もだが、氏も中心の執筆者である「広島野砲兵第五聯隊第二中隊日支事変戦闘概史」を拝借して、ずいぶん参考にさせていただいた。「どんな戦記にも野砲兵のことはあまり出て来ないので」と山田氏はいわれた。私は私なりに、いくらか野砲隊の姿を浮き彫りにできたらと願ったが、意は尽くせなかったかもしれない。

＊村田二郎氏＝文中「速射砲隊の敢闘」に登場されている小隊長。元気な方で戦闘間のことを書いた手記をいただいたが、私が話をきいてまもなくに死去された。戦記作家には

こういう運命がつきまとう。明け暮れ物故者のご冥福を祈りつつの執筆である。

＊有田昇氏＝防府市在住。松本大隊長が死地に赴かんとするのを必死に制止して、九塘まで撤退させた方。現在も健在で事業をされている。本集にも手記資料類をいただいている。

＊半田嘉雄氏＝新南陽市在住。いつも戦友会の世話をされている。南寧作戦関係の資料を、心掛けては届けてくださった。

また、有次実二、吉村作義、玉井清美、古賀実、藤下鶴男のみなさんにも「南寧作戦」執筆についての有益なご教示等をいただき、ありがたく思っている。

左に南寧賓陽作戦当時の上部編成（昭和十四年十一月末より十五年二月まで）を掲げておきたい。

第二十一軍（波《は》集団）在広東
司令官　安藤利吉（16期）中将
参謀長　根本　博（23期）少将
第五師団（通称号はまだ使用してない時期）
師団長　今村　均（19期）中将
参謀長　玉置温和（29期）大佐

歩兵第九旅団（広島）

旅団長　及川源七（23期）少将

歩兵第十一聯隊（広島）山県栗花生《つゆお》（23期）大佐

同　第四十一聯隊（福山）納見敏郎（27期）大佐

歩兵第二十一旅団（山口）

歩兵第二十一聯隊　三木吉之助（26期）大佐

同　第四十二聯隊　坂田元一（23期）大佐

台湾混成旅団　塩田定市（21期）少将

台湾歩兵第一聯隊（台北）林　義秀（26期）大佐

同　第二聯隊（台南）渡辺信吉（29期）大佐

「南寧作戦」関係で参考にさせていただいた資料類

〈戦史叢書〉支那事変陸軍作戦（3）昭和十六年十二月まで　防衛庁防衛研究所戦史室著

「濱田聯隊史」歩二一会　（昭和四十八年刊）歩兵第二十一聯隊史編纂発起人　代表・迫田広一、田辺仁啓

「檜部隊史」平成七年刊　檜友会代表橋本榮、著者・秋山博

「広島師団の歩み」昭和三十六年刊　広島師団の歩み出版委員会、著者・村上哲夫

「私記・一軍人六十年の哀歓」今村均　芙蓉書房
「崑崙関」崑崙の会　編集責任・片桐正行
〈参考文献〉「草に祈る」（岡村信二）、「当時大隊長の手記」（松本総三郎）〈歩兵第四十二聯隊第三大隊長〉、「軍靴の譜」（吉田勇）、「記念塔賜文飜訳文」（白上正二）、「大隊長手記要約」（澁谷達彦）、「浜田聯隊史」（歩二一会）
「戦野の想い出」輜重兵第五聯隊　門田龍輔
「浜田歩兵第二十一聯隊第十中隊史」〈編纂委員会〉尾崎三晴（委員長）片山豊吉、広瀬実、坂根敏治、広瀬肇、難波和夫
「逆転の人生終りは華となれ」岩川順一
「戦争と私の兵役」古谷富一
「第五師団戦時月報（抜萃）」
「熊本兵団戦史」（熊本日日新聞社編集刊）

付記

本文中には、事情で収録出来なかった編成表及び重要記事を補足しておきたい。

広東の第百四師団副官松本総三郎大尉は、昭和十四年八月、少佐に進級の上、歩兵第四十二聯隊第三大隊長として旅順に赴任し、ノモンハンより帰る大隊を迎えた。

当時の、第一大隊将校の中の部下中隊長は左記である。
第五中隊長　冨田新一大尉（応召）
第六中隊長　伊藤孝一大尉（応召）
第七中隊長　安田稔雄大尉（25期）
第八中隊長　小川谷一大尉（少尉候補生三期現役）
〈崑崙関戦で戦歿の第二大隊将校〉
陸軍少佐　小川谷一。海軍大尉　小田村鐃。陸軍中尉　冨田新一、藤村慶一、津田悦二郎、米重勇夫、田中新一、中村　静、柏村昌次、林　重次。陸軍少尉　園田博人。
（右は崑崙関の会編「崑崙関」に拠る）
左は「濱田聯隊史」第十二章「九塘、崑崙関作戦」（第七節本戦闘に於ける功績抜群のもの）の末尾を飾る顕彰記事。
一、歩兵第二十一聯隊第五中隊（一小隊欠、長・中尉田村能康）は、十二月十八日九塘に到着直後、歩兵第四十二聯隊第三大隊（松本大隊）の最左翼陣地を奪回する如く命ぜらるるや、夜暗而も地図不完全なる土地に於て優勢なる敵に対し、果敢なる夜間攻撃を敢行し、遂に十九日一時三十分所命の高地を占領し、爾来六日間、少くも一箇師の敵に正面左側及び背後の三面を包囲され、其の猫額大の高地は連日連夜激烈なる敵の野山砲、重砲、迫撃砲及び各種機関銃の弾巣に曝され乍ら、頑強執拗なる敵の攻撃を撃退する事、実に二十数回に達し、其の殆ど悉くは手榴弾と白兵を以てする血戦に終始す。

当初の七十二人は、四十名に減少し其の補給路は全く遮断せられ、当初に携行せる携帯口糧二日分の外、二十三日第一中隊赴援の際、飛行機投下の乾緬包少量の補給を受けしのみにて、日と共に兵力を増加し攻撃激烈を加ふる敵に対し戦闘毎に戦友を亡い、弾薬欠乏するの悲境に在り乍ら、田村中隊長以下士気聊も衰えず、鉄石の如き決意を以て、守備陣地を確保せしは、故中隊長が戦死の前夜、分隊長（尚当時小隊長は戦死して無し）に「幹部は案りに位置を移動すべからず、各任地を死守すべし」と訓示せる事に徴するも明白なり。

斯くて十二月二十四日夜、敵の大規模なる攻撃に対し、中隊の全力を挙げて之に抗戦し、君国に殉ず。

其の戦績、壮烈悲愴にして正に皇軍の精華と称すべく其の敵に与えたる損害は大なるも、精神的脅威は更に偉大なるものあるべし。

其の功績は特に抜群なるものと認む。

二　歩兵第二十一聯隊小行李、輜重兵上等兵松崎正造以下十名は、後方遮断せられ、第一線弾薬欠乏の際、勇敢にも敵弾を冒し再三弾薬を補充したるは、完全に自己の任務を遂行し、且つ第一線の士気を鼓舞し、為に第一線陣地を確保せしめたり。
其の功績は抜群なるものと認む。
三　歩兵第四十一聯隊、自動車運転手、中山勝は、後方遮断せられ、第一線にありし戦傷者を後送し得ざる状況に際し、敵弾を冒し、一身を犠牲にして、第一線に自動車を運転強行突破し、多数の患者を無事に九塘に後送したるは、負傷せる将兵多数の生命を左右したるものなり。
其の功績は抜群なるものと認む。
四　歩兵第二十一聯隊第二中隊（長・中尉足立半一）は、十二月二十五日九塘に到着後、速かに第一線に弾薬糧秣を補充すると共に、東第一大隊長の許に馳せ参ず可く、途中全く敵のため遮断せられある中を強行突破し、多数の弾薬及び糧秣を第一線に補充し、危急の機に投合し、第一線の士気を鼓舞し、戦力を増進せしめ、既設陣地を確保せしめたる素因を為すものなり。
其の功績は抜群なるものと認む。
五　歩兵第二十一聯隊第七中隊（長・中尉旭林世履、第三機関銃一小隊を附す）は、十二月二十五日、九塘に到着するや、陣地最左翼たる田村山は敵のため奪取せられ、為に其の西南約千五百メートル旭林山の奪取を命ぜらるるや、優勢なる敵を克く撃退し、悪戦苦闘遂に同地を占領し爾後の計画的なる敵の反撃を撃退し、断乎同地を確保し、本隊転進の拠点たらしめたり。

其の功績抜群なるものと認む。

六　歩兵第二十一聯隊速射砲中隊（二門欠、長・大尉田辺仁）は、十二月十九日以来、第一線に陣地を占領し、敵の自動火器、銃眼、砲門等を射撃し第一線の戦闘を容易ならしめ、且つ敵は本道方面より戦車を併用し来攻するや、危険を省みず最前線に陣地を変換し、常に的確なる射撃を反復し本戦闘間、敵の戦車十一台を擱坐せしめ其の一台を鹵獲せり。

右は速射砲中隊の任務を完うしたるのみならず、敵の戦車攻撃の企図を破摧せり。

其の功績抜群なるものと認む。

註　この第七節は特に戦闘詳報より抜萃し、原文の漢字、片仮名、句読点濁点なし文体を漢字、平仮名、句読点濁点挿入、一部注釈入り文体になおしてみた。

九塘付近戦闘参加人員並びに戦死傷者数表（自　昭14・12・18　至　昭15・1・6）

区分＼部隊号	戦闘参加人馬 将校	戦闘参加人馬 准士官以下	戦闘参加人馬 馬匹	死 将校	死 准士官以下	死 馬匹	傷 将校	傷 准士官以下	傷 馬匹	生死不明 将校	生死不明 准士官以下	生死不明 馬匹
歩兵第二十一連隊	五〇（八）	一三一〇（一三二）	一五一	七	一九一	一〇	一六	四五三	五		一六	
歩兵第四十二連隊第二大隊	二二（三）	八三八（九二）	一三九	一一	一六五		一一	二六〇			二一	

	1	2	3	4	5	6	7	8	9	10	11	12
山砲第一中隊第一小隊	一	五八	一六					一				
迫撃砲第二中隊	六（一）	一三五（一）	五三			一三		一				
衛生隊担架第三中隊	（六）	（九三）			一			一三				
旅団無線第六分隊		四										
師団無線第四分隊		二			一							
総計	七九（一八）	二四四七（三一七）	三五九	一八	三五八	一三	二七	七二八	五		三七	
備考	（　）内ハ非戦闘員ヲ示ス											

（濱田聯隊史より）

終わりに、個人的なことですが、私は私なりに一戦記作家として、戦中世代の骨を拾う一員ではありたいと願っています。節制の限りは尽くして、つとめて多くの仕事を残しておきたく思っています。なにかと、ご叱正をいただければ幸甚です。

平成十三年二月

著者　記

単行本　平成十三年三月　光人社刊

ＮＦ文庫

南京城外にて

二〇一九年一月二十三日　第一刷発行

著　者　伊藤桂一

発行者　皆川豪志

発行所　株式会社　潮書房光人新社

〒100-8077　東京都千代田区大手町一-七-二

電話／〇三-六二八一-九八九一(代)

印刷・製本　凸版印刷株式会社

定価はカバーに表示してあります

乱丁・落丁のものはお取りかえ致します。本文は中性紙を使用

ISBN978-4-7698-3102-0　C0195

http://www.kojinsha.co.jp

NF文庫

刊行のことば

第二次世界大戦の戦火が熄《や》んで五〇年——その間、小社は夥しい数の戦争の記録を渉猟し、発掘し、常に公正なる立場を貫いて書誌とし、大方の絶讃を博して今日に及ぶが、その源は、散華された世代への熱き思い入れであり、同時に、その記録を誌して平和の礎とし、後世に伝えんとするにある。

小社の出版物は、戦記、伝記、文学、エッセイ、写真集、その他、すでに一、〇〇〇点を越え、加えて戦後五〇年になんなんとするを契機として、「光人社NF（ノンフィクション）文庫」を創刊して、読者諸賢の熱烈要望におこたえする次第である。人生のバイブルとして、心弱きときの活性の糧《かて》として、散華の世代からの感動の肉声に、あなたもぜひ、耳を傾けて下さい。